听听那冷雨

余光中 著

中国友谊出版公司

敢在时间里自焚，必在永恒里结晶。

我是廊外的一株花树。花来。花去。而树犹在。

那不是朝山，是回家，回到一切的开始。

有一种时间的乡愁无药可医。

梦是一床太短的被，无论如何也盖不完满。

就这样将自己搁浅在夜的礁上，昨天已成过去，今天尚未开始。

时间静止，空间泯灭，让我从容整理自己的灵魂。

目录

万里长城

那天下午，心情本来平平静静，既不快乐，也不不快乐。后来收到元月三日的《时代》周刊，翻着翻着，忽然瞥见一张方方的图片，显示季辛吉[①]和一票美国人站在万里长城上。像是给谁当胸猛捶了一拳，他定睛再看一遍。是长城。雉堞俨然，朴拙而宏美，那古老的建筑物雄踞在万山脊上，蟠蟠蜿蜿，一直到天边。是长城，未随古代飞走的一条龙。而季辛吉，《新战国策》的一个洋策士，不仅大模大样地站在龙背上，还亵渎地笑着。

“我操他娘！”一拳头打在桌上，把烟灰缸吓了一大跳，“什么东西，站在我的长城上！”

四个小女孩吃惊地望着他。爸爸出口这么粗鄙，还当着她们的

---

① 季辛吉：有美国外交教父之称的前国务卿基辛格（Henry Alfred Kissinger）。

面，这是第一次。

“爸爸。”最小的季珊不安地喊他。

没有解释。他拿起杂志，在余怒之中，又看了一遍。

“是长城。”他喃喃说。然后他忽然推椅而起，一口气冲上楼去。

在书桌前闷坐了至少有半个钟头，盛怒渐渐压下来，积成坚实沉重的悲壮。对区区一张照片，反应那样地剧烈，他自己也感到很惊讶。万里长城又不是他的，至少，不是他一个人的。他是一个典型的南方人，生在江南，柔橹声中多水多桥的江南。他的脚底从未踏过江北的泥土，更别说见过长城。可是感觉里，长城是他的。因为长城属于北方北方属于中国中国属于他正如他属于中国。几万万人只有这么一个母亲，可是对于每一个孩子她都是百分之百的母亲而不是几万万分之一。中国，他只到过九省，可是美国，他的脚底和车轮踏过二十八州。可是感觉里，密歇根的雪犹他的沙漠加州的海都那么遥远，陌生，而长城那么近。他生下来就属于长城，可是远在他出生之前长城就归他所有。从公元以前起长城就属于他的祖先。天经地义，他继承了万里长城，每一面墙每一块砖。

继承了，可是一直都没有看见。几十年来，一直想抚摩想跪拜的这一座遗产，忽然为一双陌生而鲁莽的脚捷足先登。这乃是大不敬！长城是神圣的，不容侵犯！长城是中国人长达万里的一面哭墙，仅有一面墙的一座巨庙。伏尔泰竟然说它是一面纪念碑，竖向恐怖，令他非常不快。也许，长城是每个中国人的脊椎，不容他人歪曲。

看到季辛吉站在那上面，他的愤怒里既有妒恨，也有羞辱。

“竟敢吊儿郎当站在我的长城上！这乃是大不敬！”他立刻有一股冲动，要写封信去慰问长城。他果然拿出信纸来。

“长城公公：看到洋策士某某贸然登上……”他开始写下去。从蒙恬说到单于和李广说到吴三桂和太阳旗一直说到季辛吉的美制皮鞋，他振笔疾书，一口气写了两张信笺。最后的署名是“一个中国人”。

一个中国人？究竟是谁呢？似乎有标明的必要吧。他停笔思索了一会儿。“有了，”他从抽屉里拿出自己的一张照片，翻过面来，注道，“这就是我。你问大陆就知道的。”然后他把信纸叠好，把照片夹在里面，一起装进信封里。

“该贴多少邮票呢？”他迟疑起来，“这倒是一个问题。”

他想和太太商量一下。太太不在房里。一回头，太太的梳妆镜叫住了他。镜中出现一个中年人，两个大陆的月色和一个岛上的云在他眼中，霜已经下下来，在耳边。“你问大陆就知道的。”大陆会认得这个人吗？二十年前告别大陆的，是一个黑发青眯的少年啊！

愈想愈不妥当。最后他回到书房里，满心烦躁地把信撕个粉碎。那张照片也被撕成了八块。他重新坐下，找出一张明信片。匆匆写好，就走下楼去，披上雨衣，出门去了。

“请问，这张明信片该贴多少邮票？”

那位女职员接过信去，匆匆一瞥，又皱皱眉，然后忍住笑说：

“这怎么行？地名都没有。”

“那不是地名吗？”他指指正面。

“万里长城？就这四个大字？”她的眉毛扬得更高了。

“就是这地址。”

“告诉你，不行！连区号都没有一个，怎么投递呢？何况，根本没有这个地名。”

其他的女职员全围过来窥看。大家似笑非笑地打量着他。其中的一位忍不住念起来。

“‘万里长城：我爱你’。哎呀，这算写的什么信嘛！笑死……这种情书我还是第一次看见。王家香，我问你，万里长城在哪里？”

王家香摇了摇头，捂着嘴笑。

“一封信，只有七个字。”另一位小姐说，“恐怕是世界上最短的信了吧？”

“才不！”他吼起来，“这是世界上最长的信。可惜你们不懂！”

“这个人好凶。”围在他身后的寄信人之一忍不住说。

他从人丛中夺门逃出来，把众多的笑声留在邮局里。

“你们不懂！”他回过身去，挥拳一吼。

冒雨赶到电信局，已经快要黄昏了。

那里的职员也没有听说过什么万里长城。

“对不起，先生，”一个青年发报员困惑地说，“这种电报我们不能发。我们只能发给一个人或者一个团体，不能发给一个空空洞洞的地名。先生，你能够把收方写得确定些吗？”

“不能。万里长城就是万里长城，不是任一扇雉堞任一块砖。”

“好吧，”那职员耐着性子说，“那就为你找找看。”

说着，他把一本奇厚无比的地址簿搬到柜台上来。密密麻麻的洋文地名，从A一直翻到Z，那青年发报员把眼睛都看花了。

“真对不起，先生。没有这个地名啊。如果是巴黎、纽约、东京，甚至南极洲的观测站，我们都可以为你拍了去。可是……”

“万里长城，万里长城你都不知道？”

“真对不起，从来没有听说过。先生，你真的没有弄错吗？”

他被气得话都说不出来。一把抓过电报稿子，扭头就走。

“真是个怪人。”青年发报员摇摇头。

街上还在下雨。他的雨衣，他的雨衣呢？这才想起，激动中，竟已掉在邮局里了。“管它去！”在冷冷的雨中他梦游一般步行回家去，他的心境需要在雨中独行，他需要那一股冷和那一片潮湿。自虐也是一种过瘾。其实他不是独行。他走过陆桥。他越过铁路。他在周末的人潮中挤过。前后左右，都是年底大减价的广告，向汹涌的人潮和市声兜售大都市七十年代廉价的繁荣。可是感觉里，他仍是在独行。人潮呼啸而来，冲向这个公司那个餐厅冲向车站和十字路口，只有他一个人逆潮而涌，涌向万里长城。万里长城。好怪的名字。这大都市里居然没有一个人听说过。如果他停下来问警察，问万里长城该怎么走，说不定会给警察拘捕。说不定明天的晚报……

顿然，他变成了一个幽灵，来自另一个世界的孤魂野鬼。没有人看见他。他也看不见汽车和行人。真的。他什么也看不见了，行人，汽车，广告，门牌，灯。市声全部哑去。他站在十字路口，居然没有撞到任何东西！他一个人，站在一整座空城的中央。

“万里长城万里长，”黑黝黝的巷底隐隐传来熟悉的歌声，“长城外面是……”

那声音低抑而且凄楚，分不清是从巷子底还是从岁月的彼端传来，竟似诡异难辨的电子音乐，祟着迷幻的空间。他谛听了一会儿，脸颊像浸在薄薄的酸液里那样噬痛。直到那歌声绕过迷宫似的斜巷和曲巷，终于消失在莫名的远方。

于是市场一下子又把他拍醒。一下子全回来了，行人，汽车，广告，门牌，灯。

终于回到家里。家人都睡了。来不及换下湿衣，他回到书房里。地板上纷陈着撕碎了的信。桌上，犹摊开着杂志。他谛视那幅图片，迷幻一般，久久不动。不知不觉，他把焦点推得至深至远。雉堞俨然，朴拙而宏美，那古老的建筑物雄踞在万山脊上，蟠蟠蜿蜿，直到天边。未随古代飞走的一条龙啊，万里长城万里长。雨声停了。城市不复存在。时间停了。他茫然伸出手去，摸到的，怎么，不是他书房的粉壁，是肌理斑驳风侵雨蚀秦月汉关屹然不倒的古墙。他愕然缩回手来。那坚实厚重的触觉仍留在他掌心。

而令他更惊讶的是，季辛吉不见了，那一票美国人怎么全不见了？长城上更无人影。真的是全不见了。正如从古到今，人来人往，马嘶马蹶，月缺月圆，万里长城长在那里。李陵出去，苏武回来，孟姜女哭，季辛吉笑，万里长城长在那里。

山　盟

山，在那上面等他。从一切历书以前，峻峻然，巍巍然，从五行和八卦以前，就在那上面等他了。树，在那上面等他。从汉时云秦时月从战国的鼓声以前，就在那上面，就在那上面等他了，虬虬蟠蟠，那原始林。太阳，在那上面等他。赫赫洪洪荒荒。太阳就在玉山背后。新铸的古铜锣。当的一声轰响，天下就亮了。

这个约会太大，大得有点像宗教。一边是山，森林，太阳；另一边，仅仅是他。山是岛的贵族，正如树是山的华裔。登岛而不朝山，是无礼。这山盟，一爽竟爽了二十年。其间他曾屡次渡海，膜拜过太平洋和巴士海峡对岸，多少山？在科罗拉多那山国一闭就闭了两年，海拔一英里[①]之上，高高晴晴冷冷，是六百多天的乡愁。

---

① 1英里约合1.6千米。

一万四千英尺[①]以上的不毛高峰，狼牙交错，白森森将他禁锢在里面，远望也不能当归，高歌也不能当泣。他成了世界上最高的浪子，石囚。只是山中的岁月，太长，太静了，连摇滚乐的电吉他也不能一声划破。那种高高在上的岑寂，令他不安。一场大劫正蹂躏着东方，多少族人在水里，火里，唯独他学桓景登高避难，过了两个重九还不下山。

春秋佳日，他常常带了四个小女孩去攀落基山。心惊胆战，脚麻手酸，好不容易爬到峰巅。站在一丛丛一簇簇的白尖白顶之上，反而怅然若失了。爬啊爬啊爬到这上面来了又怎么样呢？四个小女孩在新大陆玩得很高兴。她们只晓得新大陆，不晓得旧大陆。“问君西游何时还？畏途巉岩不可攀。”忽然他觉得非常疲倦。体魄魁梧的昆仑山，在远方喊他。母亲喊孩子那样喊他回去，那昆仑山系，所有横的岭侧的峰，上面所有的神话和传说。落基山美是美雄伟是雄伟，可惜没有回忆没有联想不神秘。要神秘就要峨眉山五台山普陀山武当山青城山华山庐山泰山，多少寺多少塔多少高僧，隐士，豪侠。那一切固然令他神往，可是最最萦心的，是噶达素齐老峰。那是昆仑山之根，黄河之源。那不是朝山，是回家，回到一切的开始。有一天应该站在那上面，下面摊开整幅青海高原，看黄河，一条初生的脐带，向星宿海吮取生命。他的魂魄，就化成一只雕，向山下扑去。浩大圆浑的空间，旋，令他目眩。

---

① 1英尺约合0.3米。

那只是，想想过过瘾罢了。山不转路转，路不转人转。七四七才是一只越洋大雕，把他载回海岛。一九七二年。昆仑山仍在神话和云里。黄河仍在《诗经》里流着。岛有岛神，就先朝岛上的名山吧。

上山那一天，正碰上寒流，气温很低。他们向冷上加冷的高处出发。朱红色的小火车冲破寒雾，在渐渐上升的轨道上奔驰起来，不久，嘉义城就落在背后的平原上了。两侧的甘蔗田和香蕉变成相思树和竹林。过了竹崎，地势渐高渐险，轨旁的林木也渐渐挺直起来，在已经够陡的坡上，将自己拔向更高的空中。最后，车窗外升起铁杉和扁柏，像十里苍苍的仪队，在路侧排开。也许怕风景不够柔媚，偶尔也亮起几树流霞一般明艳的复重樱花，只是惊喜的一瞥，还不够为车道镶一条花边。

路转峰回，小火车呜呜然在狭窄的高架桥上驰过。隔着车窗，山谷愈来愈深，空空茫茫的云气里，脚下远远地，只浮出几丛树尖，下临无地，好令人心悸。不久，黑黝黝的山洞一口接一口来吞噬他们的火车。他们咽进了山的盲肠里，汽笛的惊呼在山的内脏里回荡复回荡。阿里山把他们吞进去又吐出来，算是朝山之前的小小磨炼。后来才发现，山洞一共四十九条，窄桥一共八十九座。一关关闯上去，很有一点《西游记》的味道。

过了十字路，山势益险，饶它是身材窈窕的迷你红火车，到三千多尺的高坡上，也回身乏术了。不过，难不倒它。行到绝处，车尾忽然变成车头，以退为进，潇潇洒洒，循着Z字形 zigzagzig 那样倒溜冰一样倒上山去。同时森林愈见浓密，枝叶交叠的翠盖下，难得射进一隙阳光。浓影所及，更觉得车厢里的空气阴冷逼人。最后一个山洞把他们吐出来，洞外的天蓝得那样彻底，阿里山，已经在脚下了。

终于到了阿里山宾馆，坐在餐厅里。巨幅玻璃窗外，古木寒山，连绵不绝的风景匍匐在他的脚下。风景时时在变，白云怎样回合群峰就怎样浮浮沉沉像嬉戏的列岛。一队白鸽在谷口飞翔，有时退得远远的，有时浪沫一样地忽然卷回来。眺者自眺，飞者自飞。目光所及，横卧的风景手卷一般展过去展过去展开米家霭霭的烟云。他不知该餐脚下的翠微，或是，回过头来，满桌的人间烟火。山中清纯如酿的空气，才吸了几口，饥意便在腹中翻腾起来。他饿得可以餐赤松子之霞，饮麻姑之露。

“爸爸，不要再看了。”佩佩说。

“再不吃，獐肉就要冷了。”咪也在催。

回过头来，他开始大嚼山珍。

午后的阳光是一种黄澄澄的幸福，他与矗立的原始林和林中一切鸟一切虫自由分享。如果他有那样一把剪刀，他真想把山上的阳光剪一方带回去，挂在他们厦门街的窗上，那样，雨季就再也不能围困他了。金辉落在人肌肤上，干爽而温暖，可是四周的空气仍然十分寒冽，吸进肺去，使人神清意醒，有一种要飘飘升起的感觉。当然，他并没有就此飞逸，只是他的眼神随昂昂的杉柏从地面拔起，拔起百尺的尊贵和肃穆之上，翠纛青盖之上，是蓝空，像传说里要我们相信的那样酷蓝。

而且静。海拔七千英尺以上那样的，万籁沉淀到底，阒寂的隔音。值得歌颂的，听觉上全然透明的灵境。森林自由自在地行着深呼吸。柏子闲闲落在地上。绿鸠像隐士一样自管自地吟啸。所以耳神经啊你就像琴弦那么松一松吧今天轮到你休假。没有电铃会奇袭你的没有电话没有喇叭会施刑。没有车要躲灯要看没有繁复的号码要记没有钟表。就这么走在光洁的青板石道上，听自己清清楚楚的足音，也是一种悦耳的音乐。信步所至，要慢，要快，或者要停。或者让一只蚂蚁横过，再继续向前。或者停下来，读一块开裂的树皮。

或者用惊异的眼光，久久，向僵毙的断树桩默然致敬。整座阿里山就是这么一所户外博物馆，到处暴露着古木的残骸。时间，已经把它们雕成神奇的艺术。虽死不朽，丑到极限竟美了起来。据说，大半是日据时代伐余的红桧巨树，高贵的躯干风中雨中不知矗立了千年百年，砉砉的斧斤过后，不知在什么怀乡的远方为栋为梁，或者凌迟寸磔，散作零零星星的家具器皿。留下这一盘盘一墧墧硕老无朋的树根，夭矫顽强，死而不仆，而日起月落秦风汉雨之后，虬蟠纠结，筋骨尽露的指爪，章鱼似的，犹紧紧抓住当日哺乳的后土不放。霜皮龙鳞，肌理纵横，顽比锈铜废铁，这些久僵的无头尸体早已风化为树精木怪。风高月黑之夜，可以想见满山蠢蠢而动，都是这些残缺的山魈。

幸好此刻太阳犹高，山路犹有人行。艳阳下，有的树桩削顶成台，宽大可坐十人。有的扭曲回旋，畸陋不成形状。有的枯木命大，身后春意不绝，树中之王一传而至二世，再传而至三世，发为三代同堂，不，同根的奇观。先主老死枯槁，蚀成一个巨可行牛的空洞；父王的僵尸上，却亭亭立着青翠的王子。有的昂然庞然，像一个象头，鼻牙嵯峨，神气俨然。更有一些断首缺肢的巨桧，狞然戟刺着半空，犹不甘忘却，谁知道几世纪前的那场暴风雨，劈空而来，横加于他的雷殛。

正嗟叹间，忽闻重物曳引之声，沉甸甸地，辗地而来。异声愈来愈近，在空山里激荡相磨，很是震耳。他外文系出身，自然而然想起凯兹奇尔的仙山中，隆隆滚球为戏的那群怪人。大家都很紧张。小女孩们不安地抬头看他。辗声更近了。隔着繁密的林木，看见有什么走过来。是——两个人。气喘吁吁地拖着直径几约两尺的一截木材，辗着青石板路跑来。怪不得一路上尽是细枝横道，每隔尺许便置一条。原来拉动木材，要靠它们的滑力。两个壮汉哼哼哈哈地曳木而过，脸上臂上，闪着亮油油的汗光。

姐妹潭一掬明澄的寒水，浅可见底。迷你小潭，传说着阿里山上两姐妹殉情的故事。管它是不是真的呢，总比取些道貌可憎的名字好吧。

“你们四姐妹都丢个铜板进去，许个愿吧。”

“看你做爸爸的，何必这么欧化？”

“看你做妈妈的，何必这么缺乏幻想。管它。山神有灵，会保佑她们的。”

珊珊、幼珊、佩珊，相继投入铜币。眼睛闭起，神色都很庄重，丢罢，都绽开满意的笑容。问她们许些什么大愿时，一个也不肯说。也罢。轮到最小的季珊，只会嬉笑，随随便便丢完了事。问她许的什么愿，她说，我不知道，姐姐丢了，我就要丢。

他把一枚铜币握在手里，走到潭边，面西而立，心中暗暗祷道：“希望有一天能把这几个小姐妹带回家去，带回她们真正的家，去踩那一片博大的后土。新大陆，她们已经去过两次，玩过密歇根的雪，涉过落基山的溪，但从未被长江的水所祝福。希望，有一天能回到后土上去朝山，站在全中国的屋脊上，说，看啊，黄河就从这里出发，长江就在这里吃奶。要是可能，给我七十岁或者六十五岁，给我一间草庐，在庐山，或是峨眉山上，给我一根藤杖，一卷七绝，一个琴僮，几位棋友，和许多猴子许多云许多鸟。不过这个愿许得太奢侈了。阿里山神啊，能为我接通海峡对面，五岳千峰的大小神明吗？”

姐妹潭一展笑靥，接去了他的铜币。

“爸爸许得最久了。”幼珊说。

“到了那一天，无论你们嫁到多远的地方去，也不关我的事了。”他说。

“什么意思吗？”

“只有猴子做我的邻居。”他说。

“哎呀好好玩！”

“最后，我也变成一只——千年老猿。像这样。”他做出欲攫季珊的姿态。

“你看爸爸又发神经了。”

慈云寺缺乏那种香火庄严禅房幽深的气氛。岛上的寺庙大半如此，不说也罢。倒是那所“阿里山森林博物馆”，规模虽小，陈设也简陋单调，离国际水平很远，却朴拙天然，令人觉得可亲。他在那里面低回了一阵。才一进馆，颈背上便吹来一股肃杀的冷风。昂过头去，高高的门楣上，一把比一把狞恶，排列着三把青锋逼人的大钢锯。森林的刽子手啊，铁杉与红桧都受害于你们的狼牙。堂下陈列着阿里山五木的平削标本，从浅黄到深灰，色泽不一，依次是铁杉、峦大杉、台湾杉、红桧、扁柏。露天走廊通向陈列室。阿里山上的飞禽走兽，从云豹、鹿、山猫、野山羊、黄鼠狼到白头鼯鼠，从绿鸠、蛇鹰到黄鱼鸮，莫不展现它们生命的姿态。一个玻璃瓶里，浮着一具小小的桃花鹿胚胎，白色的胎衣里，鹿婴的眼睛还没有睁开。令他低回的，不是这些，是沿着走廊出来，堂上庞然供立，比一面巨鼓还要硕大的，一截红桧木的横剖面。直径宽于一只大鹰的翼展，堂堂的木面竖在那里，比人还高。树木高贵的族长，它生于宋神宗熙宁十年，也就是公元一〇七七年。中华民国元年，也就是明治四十五年，日本人采伐它，千里迢迢，运去东京修造神社。想行刑的那一天，须髯临风，倾天柱，倒地根，这长老长啸仆地的时候，已经有八百三十五岁的高龄了。一个生命，从北宋延续到清末，成为中国历史的证人。他伸出手去，抚摩那伟大的横断面。他的指尖溯帝王的朝代而入，止于八百多个同心圆的中心。多么神秘的一点，一个崇高的生命便从此开始。那时苏轼正值壮年，宋朝的文化正盛开，像牡丹盛开在汴梁，欧阳修墓土犹新，黄庭坚周邦彦的灵感犹畅。他的手指按在一个古老的春天上。美丽的年轮轮回着太阳的光圈，一圈一圈向外推开，推向元，推向明，推向清。太美了。太奇妙了。这些黄褐色的曲线，不是年轮，是中国脸上的皱纹。推出去，推向这海岛的历史。哪，也许是这一圈来了葡萄牙人的三桅战船。这一年春天，红毛鬼闯进了海峡。这一年，国姓爷的楼船渡海东来。大概是这一圈杀害了吴凤。有一年龙旗降下升起太阳旗。有一年他自己的海轮来泊在基……不对不对，那是最外的一圈之外了，哪，大约在这里。他从古代的梦中醒来，用手指划着虚空。

“爸爸，你在干什么呀？”季珊抬头看着他。

他抓住她的小手指，从外向内数，把她的指尖按在第十六圈上。

“公公就是这一年。”他说。

“公公这一年怎么啦？”她问。

走回宾馆，太阳就下山了。宋朝以前就是这样子，汉以前周以前就是这太阳，神农和燧人以前。在那尊巨红桧的心中，春来春去，画了八百圈年轮的长老，就是这太阳。在他眼中，那红桧，和岛上一切的神木，都像小孩子一样幼稚吧。后羿留给我们的，这太阳。

此刻他正向谷口落下去，像那巨红桧小时候看见的那样，缓缓落了下去。千树万树，在无风的岑寂中肃立西望，参加一幕壮丽无比的葬礼。火葬烧着半边天。宇宙在降旗。一轮橙红的火球降下去，降下去，圆得完美无憾的火球啊怪不得一切年轮都是他的模仿因为太阳造物以他自己的形象。

快要烧完了。日轮半陷在暗红的灰烬里，愈沉愈深。山口外，犹有殿后的霞光在抗拒四周的夜色，横陈在地平线的，依次是惊红骇黄怅青惘绿和深不可泳的诡蓝渐渐沉溺于苍黛。怔望中，反托在空际的林影全黑了下来。

最后，一切都还给纵横的星斗。

但是太阳会收复世界的，在玉山之巅。在崦嵫山里这只火凤凰会铸冶新的光芒。高处不胜苦寒。他在两条厚毛毯里，瑟缩犹难入梦，盘盘旋旋的山路，还在腿上作麻。夜，太静了。毛黑茸茸的森林似乎有均匀的鼾息。不要错过日出不要，他一再提醒自己。我要亲眼看神怎样变戏法，那只火凤凰怎样突破蛋黄怎样飞起来，不要错过不要。他似乎枕在一座活火山上，有一种美丽的不安。梦是一床太短的被，无论如何也盖不完满。约会女友的前夕，从前，也有过这症状。无以名之，叫它幸福症吧。睡吧睡吧不要真错过了不要。

走到祝山顶上，已经是六点半了。虽然是华氏四十度的气温，大家都喘着气，微有汗意。脸上都红通通的，“阿里山的姑娘”，他戏呼她们。天色透出鱼肚白，群峰睡意尚未消尽。雾气在下面的千壑中聚集。没有风。只有一只鸟，在新鲜的静寂中试投着它的清音。啾啾唧啾啾唧啭啭唧唧。屏息的期待中，东方的天壁已经炙红了一大片。“快起来了，快起来了。”他回过头去，观日楼下的广场上，已然麇集了百多位观众，在迎接太阳的诞生。已经冻红的脸上，更反映着熊熊的霞光。

“上来了！”

“上来了！”

“太阳上来了上来了！”

浩阔的空间引爆出一阵集体的欢呼。就在同时，巍峨的玉山背后，火山猝发一样迸出了日头，赤金晃晃，千臂投手向他们投过来密密集集的标枪。失声惊呼的同时，一阵刺痛，他的眼睛也中了一枪。簇新簇新的光，簇新簇新的光，刚刚在太阳的丹炉里炼成，猬集他一身。在清虚无尘的空中飞啊飞啊飞了八分钟，扑到他身上这簇光并未变冷。巨铜锣玉山上捶了又捶，神的噪声金熔熔的赞美诗火山熔浆一样滚滚而来，观礼的凡人全擎起双臂忘了这是一种无条件降服的仪式在海拔七千尺以上。一座峰接一座峰在接受这样灿烂的祝福，许多绿发童子在接受那长老摩挲头颅。不久，福建和浙江也将天亮。然后是湖北和四川。庐山与衡山。秦岭与巴山。然后是漠漠的青海高原。溯长江溯黄河而上噫吁嚱危乎高哉天苍苍野茫茫的昆仑山天山帕米尔的屋顶。太阳抚摩的，有一天他要用脚踵去膜拜。

可是他不能永远这样许下去，这长愿。四个小女孩在那边喊他。小红火车在高高的站上喊他，因为嘉义在下面的平原上喊小红火车。该回家了，许多声音在下面那世界喊他。许多街许多巷子许多电话电铃许多开会的通知限时信。许多电梯许多电视天线在许多公寓的屋顶。许多许多表格在阴暗的许多抽屉等许多图章的打击。第二手的空气。第三流的水。无孔不入无坚不摧，文明的赞美诗，噪声。什么才是家呢？他属于下面那世界吗？

火车引吭高呼。他们下山了。六千尺。五千五。五千。他的心降下去，四十九个洞。八十九座桥。刹车的声音起自铁轨，令人心烦。把阿里山还给云豹。还给鹰和鸠。还给太阳和那些森林。荷兰旗。日本旗。森林的绿旌绿帜是不降的旗。四十九个洞。千年亿年。让太阳在上面画那些美丽的年轮。

南半球的冬天

飞行袋鼠“旷达士”（Qantas）才一展翅，偌大的新几内亚，怎么竟缩成两只青螺，大的一只，是维多利亚峰，那么小的一只，该就是塞克林峰了吧。都是海拔万尺以上的高峰，此刻，在“旷达士”的翼下，却纤小可玩，一簇黛青，娇不盈握，虚虚幻幻浮动在水波不兴一碧千里的“南溟”之上。不是水波不兴，是“旷达士”太旷达了，俯仰之间，忽已睥睨八荒，游戏云表，遂无视于海涛的起起伏伏了。不到一杯橙汁的工夫，新几内亚的郁郁苍苍，倏已陆沉，我们的老地球，所有故乡的故乡，一切国恨家仇的所依所托，顷刻之间都已消逝。所谓地球，变成了一只水球，好蓝好美的一只水球，在好不真实的空间好缓好慢地旋转，昼转成夜，春转成秋，青青的少年转成白头。故国神游，多情应笑我，早生华发。水汪汪的一只蓝眼睛，造物的水族馆，下面泳多少鲨多少鲸，多少亿兆的鱼虾在暖洋洋的热带海中悠然摆尾，多少岛多少屿在高更的梦史蒂文森的记忆里午寐，鼾声均匀。只是我的想象罢了，那澄蓝的大眼睛笑得很含蓄，可是什么秘密也没有说。古往今来，她的眼里该只有日起月落，星出星没，映现一些最原始的抽象图形。留下我，上扪无天，下临无地，一只“旷达士”鹤一般地骑着，虚悬在中间。头等舱的邻座，不是李白，不是苏轼，是双下巴大肚皮的西方绅士。一杯酒握着，不知该邀谁对饮。

有一种叫作云的骗子，什么人都骗，就是骗不了“旷达士”。“旷达士”，一飞冲天的现代鹏鸟，经纬线织成密密的网，再也网它不住。北半球飞来南半球，我骑在“旷达士”的背上，“旷达士”骑在云的背上。飞上三万尺的高空，云便留在下面，制造它骗人的气候去了。有时它层层迭起，雪峰竞拔，冰崖争高，一望无尽的皑皑，疑是西藏高原雄踞在世界之脊。有时它皎如白莲，幻开千朵，无风的岑寂中，“旷达士”翩翩飞翔，入莲出莲，像一只恋莲的蜻蜓。仰望白云，是人。俯玩白云，是仙。仙在常中观变，在阴晴之外观阴晴，仙是我。哪怕是幻觉，哪怕仅仅是几个时辰。

“旷达士”从北半球飞来，五千里的云驿，只在新几内亚的南岸息一息羽毛。摩尔斯比（Port Moresby）浸在温暖的海水里，刚从热带的夜里醒来，机场四周的青山和遍山的丛林，晓色中，显得生机郁勃，绵延不尽。机场上见到好多巴布亚的土人，肤色深棕近黑，阔鼻、厚唇，凹陷的眼眶中，眸光炯炯探人，很是可畏。

从新几内亚向南飞，下面便是美丽的珊瑚海（Coral Sea）了。

太平洋水，澈澈澄澄清清，浮云开处，一望见底，见到有名的珊瑚礁，绰号“屏藩大礁”（Great Barrier Reef），迤迤逦逦，零零落落，系住澳洲大陆的东北海岸，好精巧的一条珊瑚带子。珊瑚是浅红色，珊瑚礁呢，说也奇怪，却是青绿色。开始我简直看不懂。双层玻璃的机窗下，奇迹一般浮现一块小岛，四周湖绿，托出中央的一方翠青。正觉这小岛好漂亮好有意思，前面似真似幻，竟又浮来一块，形状不同，青绿色泽的配合则大致相同。猜疑未定，远方海上又出现了，不是一个，而是一群，长的长，短的短，不规不则得乖乖巧巧，玲玲珑珑，那样讨人喜欢的图案层出不穷，令人简直不暇目迎目送。诗人侯伯特（George Herbert）说：

色泽鲜丽
令仓促的观者拭目重看

惊愕间，我真的揉揉眼睛，被香港的红尘吹翳了的眼睛，仔细再看一遍。不是岛！青绿色的图形是平铺在水底，不是突出在水面。啊我知道了，这就是闻名世界的所谓“屏藩大礁”了。透明的柔蓝中漾现变化无穷的青绿翠礁，三种凉凉的颜色配合得那么谐美而典雅，织成海神最豪华的地毡。数百丛的珊瑚礁，检阅了一个多小时才看完。

如果我是人鱼，一定和我的雌人鱼，选这些珊瑚为家。风平浪静的日子，和她并坐在最小的一丛礁上，用一只大海螺吹起德彪西袅袅的曲子，使所有的船都迷了路。可是我不是人鱼，甚至也不是飞鱼，因为“旷达士”要载我去袋鼠之邦，食火鸡之国，访问七个星期，去会见澳洲的作家、画家、学者，参观澳洲的学府、画廊、音乐厅、博物馆。不，我是一位访问的作家，不是人鱼。正如普鲁夫洛克所说，我不是尤利西斯，女神和雌人鱼不为我歌唱。

越过童话的珊瑚海，便是浅褐土红相间的荒地，澳大利亚庞然的体魄在望。最后我看见一个港，港口我看见一座城，一座铁桥黑虹一般架在港上，对海的大歌剧院蚌壳一般张着复瓣的白屋顶，像在听珊瑚海人鱼的歌吟。“旷达士”盘旋扑下，倾侧中，我看见一排排整齐的红砖屋，和碧湛湛的海水对照好鲜明。然后是玩具的车队，在四线的高速公路上流来流去。然后机身辘辘，“旷达士”放下它蜷起的脚爪，触地一震，悉尼到了。

但是悉尼不是我的主人，澳大利亚的外交部，在西南方二百里外的山区等我。“旷达士”把我交给一架小飞机，半小时后，我到了澳洲的京城堪培拉。堪培拉是一个计划都市，人口目前只有十四万，但是建筑物分布得既稀且广，发展的空间非常宽大。圆阔的草地，整洁的车道，富于线条美的白色建筑，把曲折多姿回环成趣的柏丽·格里芬湖围在中央。神造的全是绿色，人造的全是白色。堪培拉是我见过的都市中，最清洁整齐的一座白城。白色的迷宫。国会大厦、水电公司、国防大厦、联鸣钟楼、国立图书馆，无一不白。感觉中，堪培拉像是用积木，不，用方糖砌成的理想之城。在我五天的居留中，街上从未见到一片垃圾。

我住在澳洲国立大学的招待所，五天的访问，日程排得很满。感觉中，许多手向我伸来，许多脸绽开笑容，许多名字轻叩我的耳朵，缤缤纷纷坠落如花。我接受了沈锜“大使”及夫人，章德惠“参事”，澳洲外交部，澳洲国立大学亚洲研究所，澳洲作家协会，堪培拉高等教育学院等的邀宴；会见了名诗人侯普（A. D. Hope）、康波（David Campbell）、道布森（Rosemary Dobson）和布礼盛顿（R. F. Brissenden）；接受了澳洲总督海斯勒克爵士（Sir Paul Hasluck）、沈锜“大使”、诗人侯普、诗人布礼盛顿，及柳存仁教授的赠书，也将自己的全部译著赠送了一套给澳洲国立图书馆，由东方部主任王省吾代表接受；聆听了堪培拉交响乐队；接受了《堪培拉时报》的访问；并且先后在澳洲国立大学的东方学会与英文系发表演说。这一切，当在较为正式的《澳洲访问记》一文中，详加分述，不想在这里多说了。

“旷达士”猛一展翼，十小时的风云，便将我抖落在南半球的冬季。堪培拉的冷静、高亢，和香港是两个世界。和台湾是两个世界。堪培拉在南半球的纬度，相当于济南之在北半球。中国的诗人很少这么深入“南蛮”的。《大招》的诗人早就警告过：“魂乎无南！南有炎火千里，蝮蛇蜒只。山林险隘，虎豹蜿只。鰅鳙短狐，王虺骞只。魂乎无南，蜮伤躬只！”柳宗元才到柳州，已有万死投荒之叹。韩愈到潮州，苏轼到海南岛，歌哭一番，也就北返中原去了。谁会想到，深入南荒，越过赤道的炎火千里而南，越过南回归线更南，天气竟会寒冷起来，赤火炎炎，会变成白雪凛凛，虎豹蜿只，会变成食火鸡、袋鼠和攀树的醉熊?

从堪培拉再向南行，科库斯可大山便擎起须发尽白的雪峰，矗立天际。我从北半球的盛夏火鸟一般飞来，一下子便投入了科库斯可北麓的阴影里。第一口气才注入胸中，便将我涤得神清气爽，豁然通畅。欣然，我呼出台北的烟火，香港的红尘。我走下寂静宽敞的林荫大道，白干的犹加利树叶落殆尽，枫树在冷风里摇响炫目的艳红和鲜黄，刹那间，我有在美国街上独行的感觉，不经意翻起大衣的领子。一只红冠翠羽对比明丽无伦的考克图大鹦鹉，从树上倏地飞下来，在人家的草地上略一迟疑，忽又翼翻七色，翩翩飞走。半下午的冬阳里，空气在淡淡的暖意中兀自挟带一股醒人的阴凉之感。下午四点以后，天色很快暗了下来。太阳才一下山，落霞犹金光未定，一股凛冽的寒意早已逡巡在两肘，伺机噬人，躲得慢些，冬夕的冰爪子就会探颈而下，伸向行人的背脊了。究竟是南纬高地的冬季，来得迟去得早的太阳，好不容易把中午烘到五十几华氏度，夜色一降，就落回冰风刺骨的四十华氏度了。中国大陆上一到冬天，太阳便垂垂倾向南方的地平，所以美宅良厦，讲究的是朝南。在南半球，冬日却贴着北天冷冷寂寂无声无息地旋转，夕阳没处，竟是西北。到堪培拉的第一天，茫然站在澳洲国立大学校园的草地上，暮寒中，看夕阳坠向西北的乱山丛中。那方向，不正是中国的大陆，乱山外，不正是崦嵫的神话?西北望长安，可怜无数山。无数山。无数海。无数无数的岛。

到了夜里，乡愁就更深了。堪培拉地势高亢，大气清明，正好饱览星空。吐气成雾的寒战中，我仰起脸来读夜。竟然全读不懂！不，这张脸我不认得！那些眼睛啊怎么那样陌生而又诡异，闪着全然不解的光芒好可怕！那些密码，奥秘的密码是谁在拍打？北斗呢？金牛呢？天狼呢？怎么全躲起来了，我高贵而显赫的朋友啊？踏的，是陌生的土地，戴的，是更陌生的天空，莫非我误闯到一颗新的星球上来了？

当然，那只是一瞬间的惊诧罢了。我一拭眼睛。南半球的夜空，怎么看得见北斗七星呢？此刻，我站在南十字星座的下面，戴的是一顶簇新的星冕，南十字，古舟子航行在珊瑚海塔斯曼海上，无不仰天顶礼的赫赫华胄，闪闪徽章，澳大利亚人升旗，就把它升在自己的旗上。可惜没有带星谱来，面对这么奥秘幽美的夜，只能赞叹赞叹扉页。

我该去新西兰吗？塔斯曼冰冷的海水对面，白人的世界还有一片土。澳洲已自在天涯，新西兰，更在天涯之外。庞然而阔的新大陆，澳大利亚，从此地一直延伸，连连绵绵，延伸到帕斯和达尔文，南岸，封着塔斯曼的冰海，北岸，浸在暖脚的南太平洋里。澳洲人自己诉苦，说，无论去什么国家都太远太遥，往往，向北方飞，骑“旷达士”的风云飞驰了四个小时，还没有跨出澳洲的大门。

美国也是这样。一飞入寒冷干爽的气候，就有一种重践北美大陆的幻觉。记忆，重重叠叠的复瓣花朵，在寒战的星空下反而一瓣瓣绽开了，展开了每次初抵美国的记忆，枫叶和橡叶，混合着街上淡淡汽油的那种嗅觉，那么强烈，几乎忘了童年，十几岁的孩子，自己也曾经拥有一片大陆，和直径千里的大陆性冬季，只是那时，祖国覆盖我像一条旧棉被，四万万人挤在一张大床上，一点儿也没有冷的感觉。现在，站在南十字架下，背负着茫茫的海和天，企鹅为近，铜驼为远，那样立着，引颈企望着企望着长安、洛阳、金陵，将自己也立成一头企鹅。只是别的企鹅都不怕冷，不像这一头啊这么怕冷。

怕冷。怕冷。旭日怎么还不升起？霜的牙齿已经在咬我的耳朵。怕冷。三次去美国，昼夜倒轮。南来澳洲，寒暑互易。同样用一枚老太阳，怎么有人要打伞，有人整天用来烘手都烘不暖？而用十字星来烘脚，是一夜也烘不成梦的啊。

听听那冷雨

惊蛰一过，春寒加剧。先是料料峭峭，继而雨季开始，时而淋淋漓漓，时而淅淅沥沥，天潮潮地湿湿，即连在梦里，也似乎把伞撑着。而就凭一把伞，躲过一阵潇潇的冷雨，也躲不过整个雨季。连思想也都是潮润润的。每天回家，曲折穿过金门街到厦门街迷宫式的长巷短巷，雨里风里，走入霏霏令人更想入非非。想这样子的台北凄凄切切完全是黑白片的味道，想整个中国整部中国的历史无非是一张黑白片子，片头到片尾，一直是这样下着雨的。这种感觉，不知道是不是从安东尼奥尼那里来的。不过那一块土地是久违了，二十五年，四分之一的世纪，即使有雨，也隔着千山万山，千伞万伞。二十五年，一切都断了，只有气候，只有气象报告还牵连在一起。大寒流从那块土地上弥天卷来，这种酷冷吾与古大陆分担。不能扑进她怀里，被她的裾边扫一扫吧也算是安慰孺慕之情。

这样想时，严寒里竟有一点温暖的感觉了。这样想时，他希望这些狭长的巷子永远延伸下去，他的思路也可以延伸下去，不是金门街到厦门街，而是金门到厦门。他是厦门人，至少是广义的厦门人，二十年来，不住在厦门，住在厦门街，算是嘲弄吧，也算是安慰。不过说到广义，他同样也是广义的江南人，常州人，南京人，川娃儿，五陵少年。杏花春雨江南，那是他的少年时代了。再过半个月就是清明。安东尼奥尼的镜头摇过去，摇过去又摇过来。残山剩水犹如是。皇天后土犹如是。纭纭黔首纷纷黎民从北到南犹如是。那里面是中国吗？那里面当然还是中国永远是中国。只是杏花春雨已不再，牧童遥指已不再，剑门细雨渭城轻尘也都已不再。然则他日思夜梦的那片土地，究竟在哪里呢？

在报纸的头条标题里吗？还是香港的谣言里？还是傅聪的黑键白键马思聪的跳弓拨弦？还是安东尼奥尼的镜底勒马洲的望中？还是故宫博物院的壁头和玻璃橱内，京戏的锣鼓声中太白和东坡的韵里？

杏花。春雨。江南。六个方块字，或许那片土就在那里面。而无论赤县也好神州也好中国也好，变来变去，只要仓颉的灵感不灭美丽的中文不老，那形象，那磁石一般的向心力当必然长在。因为一个方块字是一个天地。太初有字，于是汉族的心灵他祖先的回忆和希望便有了寄托。譬如凭空写一个“雨”字，点点滴滴，滂滂沱沱，淅沥淅沥淅沥，一切云情雨意，就宛然其中了。视觉上的这种美感，岂是什么 rain 也好 pluie 也好所能满足？翻开一部《辞源》或

《辞海》，金木水火土，各成世界，而一入“雨”部，古神州的天颜千变万化，便悉在望中，美丽的霜雪云霞，骇人的雷电霹雳，展露的无非是神的好脾气与坏脾气，气象台百读不厌门外汉百思不解的百科全书。

听听，那冷雨。看看，那冷雨。嗅嗅闻闻，那冷雨。舔舔吧，那冷雨。雨在他的伞上这城市百万人的伞上雨衣上屋上天线上雨下在基隆港在防波堤在海峡的船上，清明这季雨。雨是女性，应该最富于感性。雨气空蒙而迷幻，细细嗅嗅，清清爽爽新新，有一点点薄荷的香味，浓的时候，竟发出草和树沐发后特有的淡淡土腥气，也许那竟是蚯蚓和蜗牛的腥气吧，毕竟是惊蛰了啊。也许地上的地下的生命也许古中国层层叠叠的记忆皆蠢蠢而蠕，也许是植物的潜意识和梦吧，那腥气。

第三次去美国，在高高的丹佛他山居了两年。美国的西部，多山多沙漠，千里干旱，天，蓝似安格罗·萨克逊[①]人的眼睛，地，红如印第安人的肌肤，云，却是罕见的白鸟。落基山簇簇耀目的雪峰上，很少飘云牵雾。一来高，二来干，三来森林线以上，杉柏也止步，中国诗词里“荡胸生层云”，或是“商略黄昏雨”的意趣，是落基山上难睹的景象。落基山岭之胜，在石，在雪。那些奇岩怪石，相叠互倚，砌一场惊心动魄的雕塑展览，给太阳和千里的风看。那雪，白得虚虚幻幻，冷得清清醒醒，那股皑皑不绝一仰难尽的气势，

① 即盎格鲁-撒克逊。

压得人呼吸困难，心寒眸酸。不过要领略“白云回望合，青霭入看无”的境界，仍须回来中国。台湾湿度很高，最饶云气氤氲雨意迷离的情调。两度夜宿溪头，树香沁鼻，宵寒袭肘，枕着润碧湿翠苍苍交叠的山影和万籁都歇的岑寂，仙人一样睡去。山中一夜饱雨，次晨醒来，在旭日未升的原始幽静中，冲着隔夜的寒气，踏着满地的断柯折枝和仍在流泻的细股雨水，一径探入森林的秘密，曲曲弯弯，步上山去。溪头的山，树密雾浓，蓊郁的水汽从谷底冉冉升起，时稠时稀，蒸腾多姿，幻化无定，只能从雾破云开的空处，窥见乍现即隐的一峰半壑，要纵览全貌，几乎是不可能的。至少入山两次，只能在白茫茫里和溪头诸峰玩捉迷藏的游戏，回到台北，世人问起，除了笑而不答心自闲，故作神秘之外，实际的印象，也无非山在虚无之间罢了。云缭烟绕、山隐水迢的中国风景，由来予人宋画的韵味。那天下也许是赵家的天下，那山水却是米家的山水。而究竟，是米氏父子下笔像中国的山水，还是中国的山水上纸像宋画。恐怕是谁也说不清楚了吧？

雨不但可嗅，可观，更可以听。听听那冷雨。听雨，只要不是石破天惊的台风暴雨，在听觉上总是一种美感。大陆上的秋天，无论是疏雨滴梧桐，或是骤雨打荷叶，听去总有一点凄凉，凄清，凄楚，于今在岛上回味，则在凄楚之外，更笼上一层凄迷了。饶你多少豪情侠气，怕也经不起三番五次的风吹雨打。一打少年听雨，红烛昏沉。两打中年听雨，客舟中，江阔云低。三打白头听雨在僧庐下，这便是亡宋之痛，一颗敏感心灵的一生：楼上，江上，庙里，用冷冷的雨珠子串成。十年前，他曾在一场摧心折骨的鬼雨中迷失了自己。雨，该是一滴湿漓漓的灵魂，窗外在喊谁。

雨打在树上和瓦上，韵律都清脆可听。尤其是铿铿敲在屋瓦上，那古老的音乐，属于中国。王禹偁在黄冈，破如椽的大竹为屋瓦。据说住在竹楼上面，急雨声如瀑布，密雪声比碎玉，而无论鼓琴、咏诗、下棋、投壶，共鸣的效果都特别好。这样岂不像住在竹筒里面，任何细脆的声响，怕都会加倍夸大，反而令人耳朵过敏吧。

雨天的屋瓦，浮漾湿湿的流光，灰而温柔，迎光则微明，背光则幽暗，对于视觉，是一种低沉的安慰。至于雨敲在鳞鳞千瓣的瓦上，由远而近，轻轻重重轻轻，夹着一股股的细流沿瓦槽与屋檐潺潺泻下，各种敲击音与滑音密织成网，谁的千指百指在按摩耳轮。"下雨了。"温柔的灰美人来了，她冰冰的纤手在屋顶拂弄着无数的黑键啊灰键，把晌午一下子奏成了黄昏。

在古老的大陆上，千屋万户是如此。二十多年前，初来这岛上，日式的瓦屋亦是如此。先是天暗了下来，城市像罩在一块巨幅的毛玻璃里，阴影在户内延长复加深。然后凉凉的水意弥漫在空间，风自每一个角落里旋起，感觉得到，每个屋顶上呼吸沉重都覆着灰云。雨来了，最轻的敲打乐敲打这城市，苍茫的屋顶，远远近近，一张张敲过去，古老的琴，那细细密密的节奏，单调里自有一种柔婉与亲切，滴滴点点滴滴，似幻似真，若孩时在摇篮里，一曲耳熟的童谣摇摇欲睡，母亲吟哦鼻音与喉音。或是在江南的泽国水乡，一大筐绿油油的桑叶被啮于千百头蚕，细细琐琐屑屑，口器与口器咀咀嚼嚼。雨来了，雨来的时候瓦这么说，一片瓦说千亿片瓦说，说轻轻地奏吧沉沉地弹，徐徐地叩吧挞挞地打，间间歇歇敲一个雨季，即兴演奏从惊蛰到清明，在零落的坟上冷冷奏挽歌，一片瓦吟千亿片瓦吟。

在日式的古屋里听雨，听四月，霏霏不绝的黄梅雨，朝夕不断，旬月绵延，湿黏黏的苔藓从石阶下一直侵到他舌底、心底。到七月，听台风台雨在古屋顶上一夜盲奏，千哼海底的热浪沸沸被狂风挟来，掀翻整个太平洋只为向他的矮屋檐重重压下，整个海在他的蜗壳上哗哗泻过。不然便是雷雨夜，白烟一般的纱帐里听羯鼓一通又一通，滔天的暴雨滂滂沛沛扑来，强劲的电琵琶忐忐忑忑忐忐忑忑，弹动屋瓦的惊悸腾腾欲掀起。不然便是斜斜的西北雨斜斜，刷在窗玻璃上，鞭在墙上打在阔大的芭蕉叶上，一阵寒濑泻过，秋意便弥漫日式的庭院了。

在日式的古屋里听雨，春雨绵绵听到秋雨潇潇，从少年听到中年，听听那冷雨。雨是一种单调而耐听的音乐是室内乐是室外乐，户内听听，户外听听，冷冷，那音乐。雨是一种回忆的音乐，听听那冷雨，回忆江南的雨下得满地是江湖下在桥上和船上，也下在四川在秧田和蛙塘，下肥了嘉陵江下湿布谷咕咕的啼声。雨是潮潮润润的音乐下在渴望的唇上舐舐那冷雨。

因为雨是最最原始的敲打乐从记忆的彼端敲起。瓦是最最低沉的乐器灰蒙蒙的温柔覆盖着听雨的人，瓦是音乐的雨伞撑起。但不久公寓的时代来临，台北你怎么一下子长高了，瓦的音乐竟成了绝响。千片万片的瓦翩翩，美丽的灰蝴蝶纷纷飞走，飞入历史的记忆。现在雨下下来下在水泥的屋顶和墙上，没有音韵的雨季。树也被砍光了，那月桂，那枫树，柳树和擎天的巨椰，雨来的时候不再有丛叶嘈嘈切切，闪动湿湿的绿光迎接。鸟声减了啾啾，蛙声沉了咯咯，秋天的虫吟也减了唧唧。七十年代的台北不需要这些，一个乐队接一个乐队便遣散尽了。要听鸡叫，只能去《诗经》的韵里寻找。现在只剩下一张黑白片，黑白的默片。

正如马车的时代去后，三轮车的时代也去了。曾经在雨夜，三轮车的油布篷挂起，送她回家的途中，篷里的世界小得多可爱，而且躲在警察的辖区以外。雨衣的口袋越大越好，盛得下他的一只手里握一只纤纤的手。台湾的雨季这么长，该有人发明一种宽宽的双人雨衣，一人分穿一只袖子，此外的部分就不必分得太苛。而无论工业如何发达，一时似乎还废不了雨伞。只要雨不倾盆，风不横吹，撑一把伞在雨中仍不失古典的韵味。任雨点敲在黑布伞或是透明的塑料伞上，将骨柄一旋，雨珠向四方喷溅，伞缘便旋成了一圈飞檐。跟女友共一把雨伞，该是一种美丽的合作吧。最好是初恋，有点兴奋，更有点不好意思，若即若离之间，雨不妨下大一点。真正初恋，恐怕是兴奋得不需要伞的，手牵手在雨中狂奔而去，把年轻的长发和肌肤交给漫天的淋淋漓漓，然后从对方的唇上颊上尝凉凉甜甜的雨水。不过那要非常年青且激情，同时，也只能发生在法国的新潮片里吧。

大多数的雨伞想必不会为约会张开。上班下班，上学放学，菜市来回的途中，现实的伞，灰色的星期三。握着雨伞，他听那冷雨打在伞上。索性更冷一些就好了，他想。索性把湿湿的灰雨冻成干干爽爽的白雨，六角形的结晶体在无风的空中回回旋旋地降下来，等须眉和肩头白尽时，伸手一拂就落了。二十五年，没有受故乡白雨的祝福，或许发上下一点白霜是一种变相的自我补偿吧。一位英雄，经得起多少次雨季？他的额头是水成岩削成还是火成岩？他的心底究竟有多厚的苔藓？厦门街的雨巷走了二十年与记忆等长，一座无瓦的公寓在巷底等他，一盏灯在楼上的雨窗子里，等他回去，向晚餐后的沉思冥想去整理青苔深深的记忆。前尘隔海。古屋不再。听听那冷雨。

蝗族的盛宴

目前流行于我们这社会的所谓“婚礼”，已经沦为一出毫无意义的闹剧，浪费时间和金钱之余，既不庄严，更无美感。

这样子的婚礼，如果准时参加，就要预备前后泡它个两三小时，挨饿是常事，该吃晚饭的时候还坐在那里闲嗑瓜子，更有“救火车找不到消防栓”之感。如果不按时去，又很可能满桌的陌生人挤在一起，终席言语无味，面目狰狞，饱尝现代诗人乐道的“孤绝感”。

就算时间配合得正好，婚礼刚刚开始吧。乐队的音乐照例公式化而又商业化。礼堂的布置照例金红交映，繁密而又庸俗，几句公式化的贺词，几幅面目模糊的喜幛，烘托出一派廉价的喜气。司仪照例是一个贫嘴贱舌的小弄臣，自以为能把众人玩弄于股掌之上，事实上自己才是低级笑话的玩物。他开口了，那里面当然没有象牙。

最最不堪的是所谓“证婚人致训词”。典型的证婚人，往往是一个自以为很重要的三四流人物，上得台来，免不了咿咿唔唔，吞吞吐吐，用他那六七流的汉语，发表一篇自以为语妙天下的七八流的婚姻哲学。其实归纳他的高见，无非是鼓励那一对罚站听训的新人学苍蝇一样繁殖，以助这个地区的人口爆炸。无辜的新人就那么无助地站在那里，像不设防的城市那样任人轰炸。我们的青年也真可怜，从小就听训起，想不到在第一千零一训之后，眼看着就要进洞房的前一小时，仍逃不了最后这一劫。

至于下面的所谓贺客，本来大半都是受喜帖株连的无辜难民，“一表三千里”者有之，“一堂五百年”者亦有之。本来就不关痛痒，当然在下面分组座谈起来。上面是自说自话的证婚人，下面是东风马耳的群众，这种漠不关心的现象，说明了今日的结婚仪式，已经堕落到何种程度。

好不容易三四流人物的发表欲都获得了满足，于是蝗族的盛宴开始了。吃吧。吃吧。这才是婚礼的主要目的。蝗族团团坐定，很有一种“把丰年吃成荒年”的气概。有些大蝗虫更带来一批小蝗虫助食，算是一种“吃的教育”，见习见习的意思。好在是先缴费后吃饭，“自食其钞”，岂不理直气壮。“爱河永浴”吗？听那几百张口饕餮之声，恐怕是在赞美灶神，而不是爱神吧？

食毕。礼成。回家。

“对了，今晚的新郎姓王还是姓黄？”

“好像是姓汪吧。第一个讲话的是谁？”

“我不记得了。”

“海参煮得不够烂。还有，烤鸭也……”

“哎呀，我肚子疼！”

“家里的表飞鸣快吃完了。司机，停一停。我去买瓶药就来。”

朋友四型

一个人命里不见得有太太或丈夫，但绝对不可能没有朋友。即使是荒岛上的鲁滨逊，也不免需要一个“星期五”。一个人不能选择父母，但是除了鲁滨逊之外，每个人都可以选择自己的朋友。照说选来的东西，应该符合自己的理想才对，但是事实又不尽然。你选别人，别人也选你。被选，是一种荣誉，但不一定是一件乐事。来按你门铃的人很多，岂能人人都令你“喜出望外”呢？大致说来，按铃的人可以分为下列四型：

第一型，高级而有趣。这种朋友理想是理想，只是可遇而不可求。世界上高级的人很多，有趣的人也很多，又高级又有趣的人却少之又少。高级的人使人尊敬，有趣的人使人欢喜，又高级又有趣的人，使人敬而不畏，亲而不狎，交结越久，芬芳越醇。譬如新鲜的水果，不但甘美可口，而且富于营养，可谓一举两得。朋友是自己的镜子。一个人有了这种朋友，自己的境界也低不到哪里去。东坡先生杖履所至，几曾出现过低级而无趣的俗物？

第二型，高级而无趣。这种人大概就是古人所谓的诤友，甚至畏友了。这种朋友，有的知识丰富，有的人格高超，有的呢，“品学兼优”像一个模范生，可惜美中不足，都缺乏那么一点儿幽默感，活泼不起来。你总觉得，他身上有那么一个窍没有打通，因此无法豁然恍然，具备充分的现实感。跟他交谈，既不像打球那样，你来我往，此呼彼应，也不像滚雪球那样，把一个有趣的话题愈滚愈大。精力过人的一类，只管自己发球，不管你接不接得住。消极的一类则以逸待劳，难得接你一球两球。无论对手是积极或消极，总之该你捡球，你不捡球，这场球是别想打下去的。这种畏友的遗憾，在于趣味太窄，所以跟你的“接触面”广不起来。天下之大，他从城南到城北来找你的目的，只是讨论“死亡在法国现代小说中的特殊意义”，或是“因纽特人对于性生活的态度”。为这种畏友捡一晚上的球，疲劳是可以想见的。这样的友谊有点像吃药，太苦了一点。

第三型，低级而有趣。这种朋友极富娱乐价值，说笑话，他最黄；说故事，他最像；消息，他最灵通；关系，他最广阔；好去处，他都去过；坏主意，他都打过。世界上任何话题他都接得下去，至于怎么接法，就不用你操心了。他的全部学问，就在不让外行人听出他没有学问。至于内行人，世界上有多少内行人呢？所以他的马脚在许多客厅和餐厅里跑来跑去，并不怎么露眼。这种人最会说话，餐桌上有了他，一定宾主尽欢，大家喝进去的美酒还不如听进去的美言那么“沁人心脾”。会议上有了他，再空洞的会议也会显得主题正确，内容充沛，没有白开。如果说，第二型的朋友拥有世界上全部的学问，独缺常识，这一型的朋友则恰恰相反，拥有世界上全部的常识，独缺学问。照说低级的人而有趣味，岂非低级趣味，你竟能与他同乐，岂非也有低级趣味之嫌？不过人性是广阔的，谁能保证自己毫无此种不良的成分？如果要你做鲁滨逊，你会选第三型还是第二型的朋友做“星期五”呢？

第四型，低级而无趣。这种朋友，跟第一型的朋友一样少，或然率相当之低。这种人当然自有一套价值标准，非但不会承认自己低级而无趣，恐怕还自以为又高级又有趣呢。然则，余不欲与之同乐矣。

借钱的境界

一提起借钱，没有几个人不胆战心惊的。有限的几张钞票，好端端地隐居在自己口袋里，忽然一只手伸过来把它带走，真教人一点安全感都没有。借钱的威胁不下于核子战争：后者毕竟不常发生，而且同难者众，前者的命中率却是百分之百，天下之大，那只手却是朝你一个人伸过来的。

借钱，实在是一件紧张的事，富于戏剧性。借钱是一种神经战，紧张的程度，可比求婚，因为两者都是秘密进行，而面临的答复，至少有一半可能是“不肯”。不同的是，成功的求婚人留下，永远留下；失败的求婚人离去，永远离去。可是借钱的人，无论成功或失败，永远有去无回，除非他再来借钱。

除非有奇迹发生，借出去的钱，是不会自动回来的。所谓“借”，实在只是一种雅称。“借”的理论，完全建筑在“还”的假设上。有了这个大胆假设，借钱的人才能名正言顺，理直气壮，贷钱的人才能心安理得，至少也不至于毫无希望。也许当初，借的人确有还的诚意，至少有一种决心要还的幻觉。等到借来的钱用光了，事过境迁，第二种幻觉便渐渐形成。他会觉得，那一笔钱本来是“无中生有”变出来的，现在要他“重归于无”变回去，未免有点不甘心。“谁教他比我有钱呢？”朦朦胧胧之中，升起了这个念头。“天之道损有余而补不足。人之道则不然，损不足以奉有余。”当初就是因为不足，才需要向人借钱，现在要还钱给人，岂非损不足以奉有余，简直有背天道了。日子一久，还钱的念头渐渐由淡趋无。

久借不还，“借”就变了质，成为——成为什么呢？“偷”吗？明明是当面发生的事情，不能叫偷。“抢”吗？也不能算抢，因为对方明明同意。借钱和这两件事最大的不同，就是后者往往施于陌生人，而前者往往行于亲朋之间。此外，偷和抢定义分明，只要出了手，罪行便告成立。久借不还——也许就叫“赖”吧？——对“受害人”的影响虽然相似，其“罪”本身却是渐渐形成的。只要借者心存还钱之念，那么，就算事过三年五载，“赖”的行为仍不能成立。“不是不还，而是还没有还。”这中间的道理，真是微妙极了。

借钱，实在是介于艺术和战术之间的事情。其实呢，贷方比借方更处于不利之境。借钱之难，难在启齿。等到开了口，不，开了价，那块“热山芋”就抛给对方了。借钱需要勇气，不借，恐怕需要更大的勇气吧。这时，“受害人”的贷方，惶恐觳觫，嗫嚅沉吟，一副搜索枯肠、借词推托的样子。技巧就在这里了。资深的借钱人反而神色泰然，眈眈注视对方，大有法官逼供犯人之概。在这种情势下，无论那“犯人”提出什么理由，都显得像在说谎。招架乏力，没有几个人不终于乖乖拿出钱来的。所谓“终于”，其实过程很短，“不到一盏茶工夫”，客人早已得手。“月底一定奉还”，到了门口，客人再三保证。“不忙不忙，慢慢来。”主人再三安慰，大有孟尝君的气派。

当然是慢慢来，也许就不再来了。问题是，孟尝君的太太未必都像孟尝君那么大度。而那笔钱，不大不小，本来也许足够把自己久想购买却迟疑不忍下手的一样东西买回家来，现在竟入了他人囊中，好不恼人。月底早过去了。等那客人来还吗？不可能。催他来还吗？那怎么可以！借钱不还，最多引起众人畏惧，说不定还能赢人同情。至于向人索债，那简直是卑鄙，守财奴的作风，将不见容于江湖。何况索债往往失败；失财于前，失友于后，花钱去买绝交，还有更愚蠢的事吗？

既然是这样，借钱出去，就不该等人来还。所谓“借钱”给人，事实上等于“送钱”给人，区别在于：“借钱”给人，并不能赢得慷慨的美名，更不能赢得借者的感激，因为“借”是期待“还”的，动机本来就不算高贵。参透了这点道理，真正聪明的人，应该干脆送钱，而绝不借钱给人。钱，横竖是丢定了，何不磊磊落落，大大方方，丢得有声有色，“某某真够朋友！”听起来岂不过瘾。

当然，借钱的一方也不是毫无波折的。面露寒酸之色，口吐嗫嚅之言，所索又不过升斗之需，这是“低姿势”的借法，在战术上早落了下风。在借贷的世界里，似乎有一个公式，那就是，开价愈低，借成功的机会越小。照理区区之数，应该很容易借到，何至碰壁。问题在于，开价既低，来客的境遇穷蹇可知，身份也必然卑微。“兔子小开口”，充其量不过要一根胡萝卜吧。谁耐烦去敷衍一只兔子呢？

如果来者是一个资深的借钱人，他就懂得先要大开其口。“已经在别处筹了七八万，能不能再调两万五千，让我周转一下？”狮子搏兔，喧宾夺主，一时形势互易，主人忽然变成了一只小兔子。小兔子就算捐躯成仁，恐怕也难塞大狮的牙缝。这样一来，自卑感就从客人转移到主人，借钱的人趾高气扬，出钱的人反而无地自容了。“真对不起，近来我也——（也怎么样呢？‘捉襟见肘’吗？还是‘三餐不继’呢？又不是你在借钱，何苦这么自贬？）——我也——先拿三千去，怎么样？”一面舌结唇颤，等待狮子宣判。“好吧。就先给我——五千好了。”两万五千减成一个零头，显得既豪爽，又体贴，感激的反而是主人。潜意识里面，好像是客人免了他两万，而不是他拿给客人五千。这是“中姿势”的借法。

至于“高姿势”，那里面的学问就太大了，简直有一点天人之际的意味。善借者不是向私人，而是向国家借。借的借口不再是一根胡萝卜，而是好几根烟囱。借的对象不再是一个人，而是千百万人。债主的人数等于人口的总数，反而不像欠任何人的钱了。至于怎么个还法，甚至要不要还，岂是胡萝卜的境界所能了解的。

此之谓“大借若还”。

幽默的境界

据说秦始皇有一次想把他的苑囿扩大，大得东到函谷关，西到今天的凤翔和宝鸡。宫中的弄臣优旃说："妙极了！多放些动物在里面吧。要是敌人从东边打过来，只要教麋鹿用角去抵抗，就够了。"秦始皇听了，就把这计划搁了下来。

这么看来，幽默实在是荒谬的解药。委婉的幽默，往往顺着荒谬的逻辑夸张下去，使人领悟荒谬的后果。优旃是这样，淳于髡、优孟是这样，包可华也是这样。西方有一句谚语，大意是说：解释是幽默的致命伤，正如幽默是浪漫的致命伤。虚张声势，故作姿态的浪漫，也是荒谬的一种。凡事过分不合情理，或是过分违背自然，都构成荒谬。荒谬的解药有二：第一是坦白指摘，第二是委婉讽喻，幽默属于后者。什么时候该用前者，什么时候该用后者，要看施者的心情和受者的悟性。心情好，婉说；心情坏，直说。对聪明人，婉说；对笨人，只有直说。用幽默感来评人的等级，有三等。第一等有幽默的天赋，能在荒谬里觑见幽默。第二等虽不能创造幽默，却多少能领略别人的幽默。第三等连领略也无能力。第一等是先知先觉，第二等是后知后觉，第三等是不知不觉。如果幽默感是磁性，第一等便是吸铁石，第二等是铁，第三等便是一块木头了。这么看来，还勉强可以将秦始皇归入第二等，至少他领略了优旃的幽默感。

第三等人虽然没有幽默感，对于幽默仍然很有贡献，因为他们虽然不能创造幽默，却能创造荒谬。这世界，如果没有妄人的荒谬表演，智者的幽默岂不失去依据？晋惠帝的一句“何不食肉糜？”惹中国人嗤笑了一千多年。晋惠帝的荒谬引发了我们的幽默感：妄人往往在不自知的情况下，牺牲自己，成全别人，成全别人的幽默。

虚妄往往是一种膨胀作用，相当于螳臂当车，蛇欲吞象。幽默则是一种反膨胀（deflationary）作用，好像一帖泻药，把一个胖子泻成一个瘦子那样。可是幽默并不等于尖刻，因为幽默针对的不是荒谬的人，而是荒谬本身。高度的幽默往往源自高度的严肃，不能和杀气、怨气混为一谈。不少人误认尖酸刻薄为幽默，事实上，刀光剑影中只有恨，并无幽默。幽默是一个心热手冷的开刀医生，他要杀的是病，不是病人。

把英文 humour 译成幽默，是神来之笔。幽默而太露骨太嚣张，就失去了“幽”和“默”。高度的幽默是一种讲究含蓄的艺术，暗示性愈强，艺术性也就愈高。不过暗示性强了，对于听者或读者的悟性，要求也自然增高。幽默也是一种天才，说幽默的人灵光一闪，绣口一开，听幽默的人反应也要敏捷，才能接个正着。这种场合，听者的悟性接近禅的“顿悟”；高度的幽默里面，应该隐隐含有禅机一类的东西。如果说者语妙天下，听者一脸茫然，竟要说者加以解释或者再说一遍，岂不是天下最扫兴的事情？所以说，“解释是幽默的致命伤”。世界上有两种话必须一听就懂，因为它们不堪重复：第一是幽默的话，第二是恭维的话。最理想也是最过瘾的配合，是前述“幽默境界”的第二等人围听第一等人的幽默：说的人说得精彩，听的人也听得尽兴，双方都很满足。其他的配合，效果就大不相同。换了第一等人面对第三等人，一定形成冷场，且令说者懊悔自己“枉抛珍珠付群猪”。不然便是第二等人面对第一等人而竟想语娱四座，结果因为自己的“幽默境界”欠高，只赢得几张生硬的笑脸。要是说者和听者都是第一等人呢？“顿悟”当然不成问题，只是语锋相对，机心竞起，很容易导致“幽默比赛”的紧张局面。万一自己舌翻谐趣，刚刚赢来一阵非常过瘾的笑声，忽然邻座的一语境界更高，利用你刚才效果的余势，飞腾直上，竟获得更加热烈的反应和更为由衷的赞叹，则留给你的，岂不是一种“第二名”的苦涩之感？

幽默，可以说是一个敏锐的心灵，在精神饱满生趣洋溢时的自然流露。这种境界好像行云流水，不能作假，也不能苦心经营，事先筹备。世界上有的是荒谬的事，虚妄的人；诙谐天成的心灵，自然左右逢源，取用不尽。幽默最忌的便是公式化，譬如说到丈夫便怕太太，说到教授便缺乏常识，提起官吏就一定要刮地皮。公式化的幽默很容易流入低级趣味，就像公式化小说中的那些人物一样，全是欠缺想象力和观察力的产品。我有一个远房的姨丈，远房的姨丈有几则公式化的笑话，那几则笑话有一个忠实的听众，他的太太。丈夫几十年来翻来覆去说的，总是那几则笑话，包括李鸿章吐痰、韩复榘训话，等等，可是太太每次听了，都像初听时那样好笑，令丈夫的发表欲得到充分的满足。夫妻两人显然都很健忘，也很快乐。

一个真正幽默的心灵，必定是富足，宽厚，开放，而且圆通的。反过来说，一个真正幽默的心灵，绝对不会固执成见，一味钻牛角尖，或是强词夺理，厉色疾言。幽默，恒在俯仰指顾之间，从从容容，潇潇洒洒，浑不自觉地完成：在一切艺术之中。幽默是距离宣传最远的一种。“舍我其谁”的英雄气概，和幽默是绝缘的。宁曳尾于涂中，不留骨于堂上；非梧桐之不止，岂腐鼠之必争？庄子的幽默是最清远最高洁的一种境界，和一般弄臣笑匠不能并提。真正幽默的心灵，绝不抱定一个角度去看人或看自己，他不但会幽默人，也会幽默自己，不但嘲笑人，也会释然自嘲，泰然自贬，甚至会在人我不分物我交融的忘我境界中，像钱默存所说的那样，欣然独笑。真具幽默感的高士，往往能损己娱人，参加别人来反躬自笑。创造幽默的人，竟能自备荒谬，岂不可爱？吴炳钟先生的语锋曾经伤人无算。有一次他对我表示，身后当嘱家人在自己的骨灰坛上刻“原谅我的骨灰”(Excuse my dust.)一行小字，抱去所有朋友的面前谢罪。这是吴先生二十年前的狂想，不知道他现在还要不要那样做？这种狂想，虽然有资格列入《世说新语》的任诞篇，可是在幽默的境界上，比起那些扬言愿捐骨灰做肥料的利他主义信徒来，毕竟要高一些吧。

其他的东西往往有竞争性，至少幽默是“水流心不竞”的。幽默而要竞争，岂不令人啼笑皆非？幽默不是一门三学分的学问，不能力学，只可自通，所以“幽默专家”或“幽默博士”是荒谬的。幽默不堪公式化，更不堪职业化，所以笑匠是悲哀的。一心一意要逗人发笑，别人的娱乐成了自己的责任，那有多么紧张？自生自发无为而为的一点谐趣，竟像一座发电厂那样日夜供电，天机沦为人工，有多乏味？就算姿势升高，幽默而为大师，也未免太不够幽默了吧。文坛常有论争，唯“谐坛”不可论争。如果有一个“幽默协会”，如果会员为了竞选“幽默理事”而打起架来，那将是世界上最大的荒唐，不，最大的幽默。

云开见月

——初论刘国松的艺术

二十世纪的中国画家，面临西方现代艺术的轮番挑战，大致上有下列三种反应。第一种，以不变应万变，认为只要闭关固守，便算尽了孝道。同时再三强调关内山川之胜，先人功业之隆，便算为自己的怯于应战或怠于奔驰找到了遁词。问题是，这么久守下去，怎么能为传统增加一分光彩？不幸传统之为物，不进则退，不生则死，因而坐视传统老去，坐食传统日空，算不算孝行，还大大值得讨论。第二种，以千变应万化，国际潮流一来，便随波浮沉，像一群“弄潮儿”。弄潮儿从印象派的潮流一直弄到欧普的光波，自己幻觉是乘风破浪，事实上只是在旋涡里大兜圈子，不知岸在何方。弄潮儿嘲弄第一种画家只知道模仿古人，可是自己不觉悟，只知道模仿洋人，同样也不是创造。第三种，以一道贯万变，他们知道模仿古人和模仿洋人同样是绝路，所以既无意参加国粹派，更无意参加西化派。在另一方面，他们也知道，不研究古人则昧于传统，不研究洋人则昧于潮流，自绝于传统与潮流，也是死路一条。因此，在国粹派和西化派之间，他们想摸索第三条路。理想的第三条路，该能入传统而复出，吞潮流而复吐，以至自由出入，随意吞吐。也就是说，第三条路是民族的，但不闭塞；也是现代的，但不崇洋。如果说，国粹派是孝子，而西化派是浪子，则第三条路是浪子回头。只有回头的浪子才是真正的孝子，因为他知道怎样重整家园。刘国松便是一个典型的例子。

尽管如此，浪子回头却是一条艰辛的路，因为不肯回头的浪子误认他半途而废，而不肯出门的孝子也反对他回来重整家园。我最了解国松这种处境，因为在文学上我走过的路也大致如此。十几年前，我们同属浪子，在所谓反传统的旗下盲目驰突，备受孝子的攻击。后来，我们几乎是同时“回头”，又激起浪子朋友的“公愤”。这种腹背受敌的心情，我们可说共尝已久，且亦甘之如饴。近年来台港之间的现代画坛，幸而尚未全然沦为西化的殖民地，国松的屹立不摇，至少是其中的一个原因。

第一次听到刘国松这名字，是在一九五九年初秋。当时我刚从美国回到台北，听说他正在主编《笔汇》杂志，鼓吹西洋现代画派，很是活跃。至于我们第一次是怎样见面，在哪里见面，现在已经难以追忆。当时现代诗方兴于台湾文坛，发轫虽比现代画稍早，冲劲反比后者略逊，所以不久两者便会师一处，并驾齐驱了。正是西化的高潮，呼啸来去的莫非潮儿浪子，我们很快便成为经常见面的朋友。这时现代诗的论战正趋白热，颇令文坛侧目，等到国松的“五月画会”和其他浪子组成的“东方画会”“现代版画会”等声势渐壮，现代画也就成为国粹派愤然攻击的对象。同属浪子之谊，虽然我自己文坛论战方酣，有时也不免要分兵去声援现代画家。所谓论战，有时只是纸上谈兵，有时竟成当面舌战。最戏剧化的一次，是在淡水河边的一座楼上，攻击抽象画和保卫抽象画的双方，各坐一排，依次起立辩驳，壁垒非常森严。抽象画这一边的主要辩士，除了席德进，便是国松和我。席德进声浪高，手势多，元气淋漓，杂以笑谑，刘国松则沉毅之中复见勇猛，嗓门也不弱，两人相加，一哼一哈，抽象画军威大振。

这么冷战夹着热战，过了四五年的样子，终于有少数的浪子悟出：去西方的庙里烧香拜神，长此浪游下去，绝成不了大器。诗分新、旧，画分西画与国画，乐分西乐与民乐，这种矛盾的对立一天存在，孝子和浪子的歧见便一天不解，中国的现代文艺也只能在闭守和出走之间徘徊。未来的大师，不但能见古今之分，也应见古今之合；不但能见中西之异，也应见中西之同。也只有这样的大师，才能创造出既富民族性又富时代精神的杰作，来光大中国的传统。在全速的西化途中刹车改向，国松和我的回头几乎也是同时。他从油画回到水墨，我从虚无回到古典，都是在一九六一年左右。之后我们就成了中国现代文艺运动中的少数派，既不见容于孝子，也不见谅于浪子。误解我们的浪子旧友，曾经嘲弄我们是在办“文化观光”，那意思是说，红柱绿瓦，伪充汉唐。事隔十年，尘埃已定，历史的透视渐见分明。昔日的浪子如今大半都已回过头来，要重认中国的传统，而年青的一代更已普遍扬弃了晦涩与虚无。可见当初国松浪子回头，志在入山求仙，不在修补破庙。

初识国松，听其谈吐，观其为人，知道他是个豪爽而耿直的山东人。后来才知道，他原来是国民党军官的遗孤，六岁那年，父亲便因抗日成仁，母亲把他和妹妹带大，一度生活很是困苦。在武昌读初二那年，他在上学途中常常经过一家裱画店。店主见他爱好绘画，不但送他旧笔余纸，更指点他如何作画。他就那样进入了艺术的世界。一九三八年，他只身来台湾，既无母亲的消息，也无亲友的资助，在那样的困境下，读完师范大学的艺术系。一九五六年，他号召师大的同学，成立了“五月画会”，同年并在基隆一家中学教书。第二年，他在“海军陆战队”“服役”一年。一九五八年，他又回到基隆教中学。一九五九年，他去成功大学建筑系任助教，第二年，转去中原理工学院任建筑系的讲师。我和国松的交往，便是在这时开始，他常来我厦门街的日式古屋，我也常去他在植物园莲池畔破庙中的湫居。后来他的艺术突飞猛进，渐渐引起国际的瞩目，终于一九六五年年初，在艾奥瓦大学李铸晋教授的推荐下，他获得了洛克菲勒基金会的奖助，先后去美国和欧洲访问两年，不但声名远播，而且视界大开。一九六六年年底，国松回到台湾，在中原理工学院任副教授。一九七〇年，他去美国讲学半年，回台湾不久，便应聘去香港中文大学新亚书院艺术系任教，自去年（一九七二年）六月起，并任该系的主任。

今日，刘国松已经成为名闻中国和国际的一流画家。从台北和香港到纽约、芝加哥、伦敦、汉堡，他曾经在世界各地举办过五十多次个展；他的作品先后为知名的艺术馆与收藏家所收藏；各国的艺评家对他的好评也渐多起来。国松之有今日，固然全凭自己的毅力和才识，但当日奖掖之功，就我所知，似应归于两位恩师。在国松的大学时代和追求抽象表现的早年，给他全力支持的，是虞君质教授。一九六四年以后，撰写专书①分析他的艺术的，是李铸晋教授。

刘国松对于现代中国画坛的贡献，可以分两方面来讨论。一方面是他自己艺术上的成就，另一方面是他在绘画运动和理论上的建设。

在艺术的创作上，刘国松的风格历经变迁，层出不穷。从一九五二年临摹希腊少年半身像的“素描”，到近两三年来的太空造型，二十年间，他做过孝子、浪子和回头的浪子。他的艺术之中，最动人的胜境，当然是在回头以后，不过，即使是做孝子和浪子，他早年的表现也并不含糊。

虽然刘国松拟古和袭洋的“少作”在时序上曾经交叠出现，他早年的倾向，大致上说来，还是浪子多于孝子的。一九五九年以前，可以说一直是他的“模仿时期”。在大学里，他的国画老师是溥心

① 李铸晋教授用英文写的长论《刘国松：一位中国现代画家的成长》（*Liu Kuo-sung: the Growth of a Modern Chinese Artist*）一九六九年由台北历史博物馆出版。本文有部分论点和数据都是来自该书，谨此声明。

畜。一九五五年的《松石图》，笔法精致，意境高超，很有文人画的味道。同年的一幅《山水》，树掩楼阁，石藏渔舟，浓淡对照之间，兼有浑厚与飘逸之感，可称隽品。这种黑主灰辅相得益彰的对比手法，隐隐然已经为日后抽象山水的朴素色调，留下了伏笔。更早的一幅《香瓜》，纯用白描勾成，笔触细腻而有韵味，足见他在基本技法上早具根底，不是一步就要踏进抽象之徒可以比拟。

西画的学习，从一九五二年到一九五八年，为时较长，风格的变化也更见繁复。在大学时期，国松买不起油画的颜料，只好多画水彩。一九五四年到一九五六年间，他作了好些生动的水彩画。《自画像》《静物》《阿里山森林铁路》《山雨》《印象派风的静物》《花篮》《基隆近郊》等作品，可以代表这一阶段的风格。看得出来，和许多西画的学生一样，他最早的影响来自塞尚和马蒂斯。一幅题名《裸》的油画，在浓淡的对照，空间的分割，女体轮廓简洁而敏锐的勾描上，完全是马蒂斯的风格。稍后，他又迷上了保罗·克利。一九五七年的一对姐妹作，油画《儿时的回忆之一》与《儿时的回忆之二》，一纵一横，将画面割裂成块，小块之内，或男或女，或禽或兽，或虫或鱼，创意既近克利，又似卢阿与夏高，只是造型既感零乱，命意亦甚含糊，与抗战的儿时也不像有多少关系。一九五七年到一九五八年，他的兴趣又转移到毕加索。《静物》《裸妇》和《舞》三幅油画，分别模仿毕加索综合的立体主义、新古典主义和玫瑰时期兼新古典时期的画风。同时，克利的影响仍未断绝，从克利的半抽象到帕洛克的抽象，只是一步之差。一九五八年的油画《战争》，在黝蓝的背景上纵横驰突着黄白的线条，显然是帕洛克影响下的习作。从印象主义一直模仿到抽象主义，刘国松在西洋现代画坛的巡礼已经到了尽头。虽然他学一位大师便像一位大师，那毕竟只是技巧的锻炼，里面并没有独创的思想和纯真的感受。如果当时他便安于效颦，竟或停下笔来，充其量他只能算一个手脚伶俐的西化浪子。这样的二流画家，中国有的是，西洋当然更多；有了他，对中国或西洋的画坛都不会有多大意义。这一点，刘国松很快便明白过来了。

一九五九年到一九六二年，是刘国松的“过渡时期”。所谓过渡，是指精神上、技法上，甚至工具上，都从西洋回到中国的民族传统。有了这种醒悟，起初他仍然坚信所谓民族性只在精神而不在工具，因此他当时的雄心，是用西洋的画布来表现中国的画意。一九五九年的石膏油画《诗的世界》，是他回头跨出的第一步，可是那是具有决定性的一大步。当时他常用的步骤，是先在画布上敷一层石膏，然后在石膏底上或擦出纹路，或滴下墨汁，或涂绘颜料。由于石膏垫底，墨水很快便四下渗开来，布成耐看的纹理。《诗的世界》虽然化墨成趣，予人淋漓尽致之感，毕竟太落实太充塞了一点，和中国空灵飘逸的气韵尚有一段距离。到了一九六〇年的《我来此地闻天语》一幅，工具和程序虽仍大致相同，但是用墨已经重于着色，笔墨高度集中，布局呼应紧凑，富律动感与戏剧性，同时空间豁然开朗，留白既多，羁绊自少，在一种抽象的表现上，竟已攫到中国山水画的神韵。

一九六一年的三幅巨构，《赤壁》《如歌如泣泉声》《庐山高》，朝这方向更推进了一步。这三幅画有好些相同的地方：第一，都是立轴式的巨画，长达六尺；第二，无论是抽象或半抽象，都是山水蜕变而成，气魄极为雄伟；第三，都受到中国古典画的启示，但都能够活用原意，推陈出新。例如《赤壁》是来自武元直，《如歌如泣泉声》是来自郭熙，《庐山高》则师承沈周，虽然三幅的布局依稀可认，但是原作的点法与皴法，到了刘国松的画中，由于石膏吸墨，不但流转多姿，黑白相映，而且起伏不平，形成浮雕的趣味。因古生意，而赋名画以新机，这种手法很有毕加索神窃的意趣。

到了“过渡时期”的后期，刘国松终于发现，要把握中国的精神，不能不回到中国的工具。他放下西洋的画布，拿起中国的宣纸，用笔画上浓黑的形块，再用折皱的纸蘸了淡色压上去，造成背景的肌理。结果并不成功，因为那效果太浅平也太僵硬，难以表现中国传统生动的气韵。一九六二年，刘国松改用纤维较粗的棉纸，这难题便解决了。

一九六三年起，刘国松进入了他的“成熟时期”，他的画面终于流动中国古典的神韵，播出中国传统的芬芳。从一九六三年的《云深不知处》到一九六八年的《白居正中》，他的水墨抽象山水恒予人一种成熟的文化老树着花的感觉，那感觉又像是回忆，又像是发现，发现一些忘了很久的东西，因为忘了很久，所以重拾起来，很是新奇。刘国松把西洋的抽象表现主义引进中国山水画的枯田，竟生出了一朵奇葩。从他的抽象山水里，我们看到儒家的温柔敦厚，更看到道家的自由自在，在抽象的转化中，“不拘形迹”地流露了出来。

刘国松艺术的胜境，纯然属于中国的哲学，宜用阴阳交替之道来体会。蟠蜿回旋在他的画中的，是一股生生不息循环不已虚而不屈动而愈出的活力。就是那股无穷无尽无始无终的生命，恒在吸引我们。这种活泼而又自然的律动感，盘旋在他的画面，像蛟龙，也像云烟；像山势起伏，也像水波荡漾；他的画面像是自给自足，又像是不够完整，因为那律动感似乎永无止境，要求破框而去。刘国松的律动感很富于戏剧性，因为在他的画面演出的，是“变”的本质。在中国哲学里，生命的常态就是“变”；“变”与“常”，原是一体。“逝者如斯，而未尝往也。”刘国松画面的布局，千变万化，不可方圆，事实上只是一种障眼法，因为幕后的本质，一个“变”字，是永远不变的。一位艺术家能把握变即是常常即是变的真理，应该可以自豪了。

刘国松画面的诡谲尚不止此。如果说，画面的笔墨是时间，则画面的空白岂非永恒？如果说，笔墨是生命，则空白岂非死寂？如果说，画处是“有”，则不画处岂不是“无”？很少画家能以不画为画，而把“无”画得这么美的。他的画黑白交错，黑中有白，白中有黑，正意味着生命原是“无”中生“有”，复以“有”临“无”，终于返“有”于“无”。读国松的画，常兴“前不见古人，后不见来者”之感，虽觉天地悠悠，却并不会怆然涕下，因为变与常原是一体，黑固可喜，白亦可爱，刘国松如是说。

了解了这一点，就坦然于他的千变万化，甚至不变不化了。论者曾谓国松的抽象山水，画来画去都差不多。事实上，“自其变者而观之，则天地曾不能以一瞬，自其不变者而观之，则物与我皆无尽也”。世界上，最善变的东西也就是最单纯的东西。谁会厌于看水看云呢？

在近十年来的“成熟时期”之中，国松的表现手法也屡见翻新。一开始，他的典型布局，除了画黑留白，以黑证白，造成黑白相衬的戏剧感和玄想性之外，更在黑中求变，用淡墨扫出深浅不一层次渐进的灰色，来加强着笔部分的质感，并促进律动的弹性。如果说，浓黑的律动赋画面以雄伟，浅灰的浮动赋画面以飘逸，则洁白的背景正为视域伸展无边无际的宁静。国松常在画成之后，将棉纸上着墨部分的纤维撕去，留下水墨不及纵横成趣的白痕。画面的浅灰部分，似真似幻，若有若无，原已苍茫幽远，动人遐思，现在再引入这些神奇秀美的白纹，更增加水墨纵深的层次和明暗交错的感觉。同时，律动的部分在布局上也往往分成一呼一应主客相对的形势，使画面的变化更多一层转折。例如一九六四年的《岭上白云》，主旋律在上，较浓较强，辅旋律在下，较淡较弱，可是主客之间呼应紧凑，不但在墨色深浅形体回旋上相互反映，即使是中央的那一方空间，也实在难以分辨，究竟是意在阻隔，或是在融汇。同一时期的《寒山雪霁》和《奇石图》，都归于相似的风格。

从一九六六年起，国松把西洋现代画的剪贴技巧用到抽象山水上来，使画面的肌理和色调更形繁富。同时，由于剪贴的纸边棱角刚直，富于平面感，益加强调了水墨律动的自然生动，为画面又添一种变化。一九六六年的《山川》和一九六八年的《石之变位》，都是极为动人的例子。一九六七年的《出峡过滩》，以硬边的剪纸为峡，复横扫墨沈湍湍为滩，确是高妙的安排。

几乎是在同时，不断求变的国松，为了变化画面的色调，更在几幅画纸上惨淡经营，然后连接起来，合成可以横览的抽象风景。这种手法原有中国的屏风和西洋画的三联板（triptych）为之先导。一九六八年的《白居正中》，长近六尺，是最佳的实例；画上但见山势蜿蜿，云气郁郁，由于画纸上的色调明暗不一，虽然水墨的气势相缪不绝，到了纸边，仍予人阴阳一割之感。这种续而断之断而续之至于如分如合的化境，真是令人百看不厌。后来这种技巧在他的太空写意里用得更多。

到了一九六九年，多变的国松已经厌于他画面永无休止的律动，乃开始寻求一个新的形象。他找到了圆。从此他进入了“太空时期”，成为最古典也是最现代的一位画家。论者或谓一九六九年正是人类登月之年，国松的画恰在其时出现球形，似有投机之嫌。这句话是不公平的。首先，相中之圆犹如空中之月，唯“捷足”者始能先登，岂可视为投机？其次，扇面册页，自南宋以来早成中国画的一个传统，不一定要在电视上看到登月才会有圆形的灵感。早在一九六二年，国松已经画过一幅浑圆的作品，叫作《古老的山水》，其中的斑斑驳驳和淋淋漓漓，无所不包犹如广角镜头，已经遥启他今日的太空球形。至于一九六九年的那幅《元宵节》，画面一分为二，下半仍是生动的旋律，上半的朱红方块之中，赫然浮现冷冷的月球，则是从元宵的灯笼得来的灵感。其时较航天员首次登月尚早好几个月。

何况圆形本来就是中国玄学用以象征生命起源的形象。太极生两仪。国松在他的抽象山水中一再“演出”且穷极变化的，原来就是阴阳两仪。只是他把两仪化了开来，而用极为戏剧性的律动，来表现阴阳消长之状。但是他已经“变”到极限，必须重归于“常”。圆的自给自足，有始有终，完整无缺，正是“常”的象征。古典的玄想和太空时代的新视觉经验，在国松的近作中合为一体，乃见浑然而圆的“常”悬在上方，沛然而转的“变”在下界流动，使他的宇宙在动中寓静，静中寓动，在相对之中保持平衡。以“地球何许”为总题的一组太空写意，虚与实，远与近，空灵与博大，凝定与浑茫之间的交错，安排得非常微妙。至此他惯有的风起云涌，与宇宙飞船上所见的地球交叠在一起，竟然若合符节，而令观者眼界一新。一九六九年的作品《子夜的太阳》，在洪洪蒙蒙的地平线，赫然挂五轮硕大无朋鲜丽夺目的红日，把太空烘成一片火炎炎的闹赤，与下方的黛绿山水交映成一个明艳逼人的世界。《子夜的太阳》表现的不但是空间，也是时间。这幅巨构，用五张大纸接成，高五尺，长十尺，气魄非常宏伟。刘国松在《子夜的太阳》中的布局，用色，造型，都十分大胆。他打破了以前黑主灰辅的定局，改用对比华美的彩色，并且推出纯然平面的造型，在等距处排开五个绝对精确的圆形，以井然的秩序君临下方的骚动。刘国松，回头的浪子，并没有空手回到中国的传统。《子夜的太阳》诚然是一幅杰作。

刘国松和画友创办的“五月画会”，近年来虽因同人分散在海外，不能经常互相激励，而渐渐失去早年的冲力，但回顾十六年来，先后入会的画家，如顾福生、庄诘、韩湘宁、彭万墀、冯钟睿、陈庭诗、洪娴，和刘国松自己，都各有杰出的表现，而“五月画会”的联展，包括中国的和外国的，早年也确为台湾的现代艺术打开了一条出路。刘国松曾是当日这一切活动的核心人物；是他，和少数的先知先觉，一面鼓舞创作的同伴，一面说服怀疑的观众，使抽象画在台湾站住了脚。今日台湾的观众普遍接受抽象画，刘国松应是功臣之一。在论战和思考的过程中，他先后在台港的刊物上发表了不少文章，后来都收在《中国现代画的路》（一九六五）和《临摹·写生·创造》（一九六六）那两本论文集里。在艺术思想上，他坚决反对摹古与崇洋，主张走第三条路，做回头的浪子。在创作上，他果真这么做了，做得很是成功。同属回头的浪子，在向他致敬之余，我期望他继续努力，为中国的现代画开拓更大的远景。

新现代诗的起点

——罗青的《吃西瓜的方法》读后

一

吃西瓜而有方法乎？曰有。有几种？曰倒啖之。第六种，不说。第五种，西瓜的血统。第四种，西瓜的籍贯。第三种，西瓜的哲学。第二种，西瓜的版图。至于第一种，吃了再说。谁说的？罗青说的。罗青是谁？罗青不是谁，罗青是一个起点。

用罗青的笔法来说，起点便是终点。对旧的说来，是终点；对新的说来，便是起点了。近两年来，罗青在台湾诗坛的出现，多多少少象征着六十年代老现代诗的结束和七十年代新现代诗的开启。在罗青的身上，我们多少看得出中国的现代诗运如何运转，如何改向，如何在主题和语言上起了蜕变。没有宣言或论战，罗青的革命是不流血的。这么一阵无痛的分娩，似乎尚未引起诗坛普遍的瞩目，可是这件事情，或多或少，注定要改变六十年代老现代诗的方法论，甚至本质。在这一点上，痖弦、叶珊、王文兴和我的看法是一致的。

罗青的作品，打破了老现代诗习用已久的某些“定律”。譬如说，老现代诗认定的语言必须有所谓“张力”，张力一失，垮作一堆，便成了散文。这话很有道理。不过张力虽然见于语言的安排，却不能不符合主题的需要。把张力从主题之中抽离出来，然后在绝缘之中加工经营，很可能引起一种病态的现象，那便是：不必要的紧张，急促，甚至做作。过分经营张力，往往会牺牲整体去成全局部，变成了所谓“有句无篇”，不然便是句句动人，字字争先，效果互相抵消，结果是一句也不可爱。罗青一出现，竟轻轻松松跳过了张力的障碍。在他一些较为成功的诗里，我们一点也不觉得张力的逼人。这现象，与其说罗青的诗缺乏张力，不如说他的张力遍布于全诗，而不在一字一句。不少老现代诗虽然也曾着意经营张力，可惜局部与局部之间既无呼应，整体看来也就没有高潮。结构散漫，可以说是老现代诗的通病。罗青以一位二十甫逾的青年诗人，已经能留意到结构的要求，实在难得。

其次，罗青既不为张力之奴，他的“语调”也不像老现代诗中习见的那么迫切、紧张。所谓“语调”，英文叫作tone，也就是诗人处理题材的态度。老现代诗多的是强调自我否定社会的所谓“孤绝感”，在这种“出门即有碍，谁谓天地宽”的心情之下，诗的调门不是急骤尖拔，便是嗫嚅哽咽。罗青的诗里很少有这种孤绝感。他对自然和社会都有相当浓厚的同情和欣然观察的兴趣。虽然他对社会的认同仍远不及与自然的合一，可是他的态度是坦然的，开放的，肯定的。他的诗里，没有现代秀才那种怀才不遇的酸气。他的张力是含蓄的，他的语调也是宽厚而从容的。在本质上说来，老现代诗里的歌哭行吟，表现的往往是历尽沧桑的老年情怀，不然便是少年早熟的新式悲观。罗青的诗，在情感的年龄上，似乎比较正常。真的，老现代诗扮演的“世故”已经够久了，新现代诗似乎应该“天真”起来。

第三，超现实主义在我国诗坛流行既久，所谓“感性”的诗风终于淹没了“知性”的诗风。二十世纪六十年代诗坛的混乱，一半归因于此。现代诗对传统诗的一大反动，原是针对浪漫主义的“滥情”，不料浪漫主义的“滥情”竟为超现实主义的“滥感”所替。纪弦在理论上、方思在创作上追求的一点点主知精神，到了六十年代中期，早已荡然。近来有人再三强调的所谓“纯粹经验”之说，在本质上说来，实在是超现实主义衍生出来的另一支流。他们认定，诗人创作时追求的对象，应该是未经知性介入毫无概念作用的纯粹经验。这种狭隘的论调，整个推翻了知性在诗中的功用。要是说，有一类诗要表现的，不是文明人的意识，而是原始人的感觉，不是社会的相对性，而是个人的绝对性；这种叙述，其他诗人应能接受。可是要说，只有表现纯粹经验的诗，才算诗，其他的诗，由于知性的介入，只能算是雄辩，那就未免太狭窄了。而狭窄，正是一切文学和艺术的死巷。

罗青的出现，对于超现实主义和纯粹经验之说，是一大挑战。

罗青诗中的世界，既非纯粹的感性，也非纯粹的知性。他的创作手法，可以说，是在知性的轨道上驶行感性，说得玄一点，他的诗，正如十七世纪玄学诗派那样，是“感性的思索”。在罗青的一些佳作之中，紧密的推理过程是显而易见的。请看他的《茶杯定理》之一：

设圆圆茶几上
有两杯茶
设一杯是热
一杯是冷

则圆圆房间里必会
有两个人
一个还少
另一则老

上述定理
圆圆地球上的任何一人
只要泡一杯茶
安安静静，定可证明

令纯粹经验论者不悦的是，这样的一首诗，不但比喻确定，而且思路清晰，更可恼的是，全诗发展的过程，简直就是一则数理习题的演算。这样的一首诗，算不算诗呢？当然算一首诗，而且是一首好诗，虽然我不准备这样写，也不鼓励大家都这样写。人生不过是一盏茶的工夫，从少到老，恍如热茶变冷，人犹此人，茶犹此茶，一切变化，都是时间促成，不信，你只要泡杯茶，冷暖自知。表面上是“泡杯茶”，实际上暗示投入生命，去体验生老病死。这首诗有哲理，有悲悯，但说来“安安静静”，不动声色，张力含蓄，意象极少。如果纯粹经验论者要否定这样的诗，那么陶潜的《饮酒》诗：

结庐在人境，而无车马喧。
问君何能尔？心远地自偏。
采菊东篱下，悠然见南山。
山气日夕佳，飞鸟相与还。
此中有真意，欲辨已忘言。

应该如何评价呢？除了脍炙人口的五、六、七、八四句近于所谓“纯粹经验”之外，第一句是叙述，第二句是修正，第三句是疑问，第四句是解释，理路十分清晰，经验毫不纯粹。第九句和第十句虽为心境的刻画，要亦知性地分析。千余年来的中国读者，只觉全诗语气深婉，吐属自然，欣赏的情绪是极其饱满的，并未认为头尾六句太涉理路，有碍纯粹，而仅留下“采菊东篱下”那四句。事实上，纯粹经验论者援引中国古典诗以证其说，举来举去，恐怕也只能限于王维的几首短诗，一旦面对王维稍长的作品，如《西施咏》《送綦毋潜落第还乡》《洛阳女儿行》等，或许就要难圆其说了。至于杜甫的大部分作品，更不是什么纯粹经验之说能穷其妙。事实上，只要稍具知性，尤其是富于社会意识的诗，其中天地之广，都不是片面的纯粹经验论所能包罗。再举现代诗人津津乐道的玄学派大师邓约翰为例：

如灵魂为二则我们的双魂
正直，孪生，像双脚的圆规，
你的灵魂是立足，不见动静，
但另一脚动时，你便相随。

虽然你的脚守定圆心，
但当另一脚行去天涯，
你却也俯身，遥遥倾听，
且再度立正，当另一脚回家。

你便是我的定点，我只能
像另一只脚，斜斜地奔驰；
你的坚定使我将圆周画准，
且使我止于当初的开始。[①]

---

① 见邓约翰诗《勿为离别苦》（*A Valediction: Forbidding Mourning*: by John Donne）。

无可否认，邓约翰的诗常像这样，说理分明，取喻精确。表现情人之间的互信互赖，竟要用圆规画圆相比，知性之介入不能做得更明确了，然而这首诗却是现代西方批评家公认的好诗。削创作之足以适理论之履，是行不通的；相反地，理论家应该做聪明的鞋匠，有什么样的脚，就做什么样的鞋吧。

二

罗青的“诗龄”并不算长。《吃西瓜的方法》一集中，最早的（一九六八年）和最近的（一九七一年）作品之间，相隔不过三年，可是在短短的三年内，罗青的艺术成长得十分迅速。《吃西瓜的方法》（以下简称《吃》集）共分四卷八辑。比起后面的几辑来，最早的几辑不免显得散漫而且稚嫩，可是已经隐隐包含后期发展的因子：诸如对仗的句法，平衡的篇法，平易的口语，大量的成语，近于儿戏的“拟人格”，与自然交融的喜悦，和一种秩序感很强的抽象之美。当然，在前面的几辑里，这些手法尚未臻于圆熟之境，所以有时候成语沦为滥调，文言和白话的并列也不够和谐，同时，由于分行与分段尚欠把握，结构上也显得有点零乱。目前现代诗正从紧张与矛盾转向平易与谐和，不少作者摆脱旧危机，立刻又面临新危机。老现代诗的毛病是“扭得太紧”，相对之下，新现代诗的毛病则是“放得太松”。矫枉过正，原是常情，可是我们必须警觉，“松弛”绝对不等于“自然”。“自然”仍是有弹性的，至少是具备了结构上需要的张力，而“松弛”则意味着张力的消失。语言的松弛和诗质的稀薄，是互为表里的：陶潜的作品诗质饱满，表现在语言上的，是自然，不是松弛。

罗青初期的作品，仍不能免于成语的泛滥。例如“化成那碧绿万顷的大洋吧”（第四十二页），“争先恐后涌出了山来”（第五十页），“三五成群结队……一一千变万化的，自我介绍着”（第一二九页），“总是挖空心思，想尽计谋”（第一五七页）等诗句，就是用散文的标准来看，也不能算好句，放在诗里，更嫌陈旧。如果说，老现代诗中有许多生硬而勉强的词句，突兀得毫无效果，则前引的词句“熟极而流”，“得来全不费工夫”，又平易不耐咀嚼。罗贝特·罗威尔（Robert Lowell）把诗分为“生”和“烂”两类。其实，太生或太烂，恐怕嚼来都无乐趣。理想的程度，该是硬而不生，或者软而不烂吧。

《吃》集较早的作品，在文言和口语之间，时有失调的现象。例如《玉山》的第二段：

多少年来
在天南地北一带
任他拦风劫星的
谁也不敢奈他何
弄得四周技穷慌乱的城市们
都呆呆地束手了

又如《好一个安静的所在》第二段：

台风过后
海上显得特别冷清
岸上受难的椰林
相扶相助，落凄凉的泪
在交臂互慰之际，蓦地，看到我
单桅孤帆，自海底冉冉驶来
不由尴尬惊讶地
在风中正了正
不再挺直的身子

虽说老现代诗病在有句无篇，新现代诗在矫枉之余，不再着意经营孤绝的词句或意象，可是前引的两段，不但文白不协，俚雅失调，而且牺牲了片段，也未必成全了整体，在《吃》集中，应该是较弱的部分。

第一卷《许愿》里都是最早的作品，其中佳构不多。例如追悼英千里先生的那首《心祭》，虽也不乏像：

在一次鞋子们的谣传里，老师啊
你只不过是一条荒废已久的
小径，静静消失在众草的喧哗里

这样的警句，但就全篇而论，仍嫌太松散，也太露骨。又例如《故土·故土》一首，虽有第六、第七两段分外精练，仍无法掩盖整体的生硬和坦露。像第四段前六行中六个隐喻的转换，主客之势平行排列，过于明显，就未免太机械了一点。至于写景之作，《玉山引十首》成就不高，只有《阿里山之晨》较为出色，余如《咏风李》等，文言的腔调太重，妨碍了白话节奏的进行，使人诵读为难。相比之下，还是《横贯公路八首》形式较有控制，拟人格的运用也较为含蓄，其中尤以《碧绿》《大禹岭》《长春祠》《禅光寺》《天祥》几首最饶清趣。和郑愁予同类的诗对比，愁予以柔丽取胜，罗青以清朗见长。像下列的句子，都十分干净明快，值得一读再读：

刀客般，吹熄了一盏
摇曳在枯木尖的黄昏

——《长春祠》

而唯一清醒的
却是那名叫禅光的和尚
像一尊空灵的酒坛，禅坐在群峰中
动也不动，清醒得什么似的

——《禅光寺》

至于像《大禹岭》一类的作品，本来不长，只宜全读，不宜节引。前引的两段诗，在意境上融合了古典和民俗，尤其是通俗文学，甚至武侠小说的传统，很富于中国的风味。这种风味，在后来的几卷里，像《长短调》《那该多好》《报仇的手段》诸首，续有经营，竟成为罗青作品的一个商标，据说还引起过一点非议。我认为这样的试验并没有什么不对。武侠小说的传统源远流长，根深蒂固，可以和民谣、地方戏等并列于中国的“底层文化”(sub-culture)，凡中国的现代作家，人人都可以活加运用，来增进自己作品的乡土感。问题不在这些传统是否迷信或已过时，而在作家本身有没有黑泽明那样点铁成金起死回生的天才。

第二卷《梦的练习》渐次展露泯句于篇的“罗青式的结构”。所谓罗式结构，有时是前后对称，而在交互反映的过程之中，不知不觉，完成了首尾换位；有时是左顾右盼，旁敲侧击，在迂回行进的过程之中，渐入渐深，形成高潮，且呈现主题。《好一个安静的所在》是换位式结构的例子，篇首的《日》在不知不觉之中变成了篇末的《星》，这种干净的手法十分可喜。《睡神》则是渐进式结构的例子，诗分三段，睡神渗入睡者的意识，一段比一段深，到了倒数第二段，竟整个融入了睡者的梦境而达于高潮，但末段在结尾之前，语气稍一转折，混混沌沌的黑暗，竟将结束与开始融为一体：

> 不惊醒空气，不触碰肌肤
> 我消失在你的发丛里，慢慢地
> 我溶入你的双眼，化成一阵朦胧的轻雾

慢慢地，为你掩上了两扇小小的窗
我，化成了一片五彩缤纷的黑暗

哦，就在这样美丽的黑暗里
我所要说的故事开始了
而世界，一切的一切
也都是如此开始的
不是吗，眠眠？

《睡神》一诗，语气柔婉，落笔很轻，和落笔重惯了的老现代诗形成显著的对照。像罗青的不少好诗一样，《睡神》相当接近童话诗：除了第二段第五行至第八行不类童话诗语气外，其他部分可以说简直就是童话诗。在这方面，罗青依稀遥接杨唤的遗风。现代诗在经历了六十年代的“世故”之后，又回到纪弦倡导革命以前的时代，回到那时代的“天真”。无论在语言上，语调上，或是主题上，从杨唤、李莎、方思到罗青、林焕彰、乔林，和近年的白萩，二十年来台湾的现代诗，似乎已经走完了一个周期。

第二卷中另一首好诗是《白蝶海鸥和我》。这首短小精练的散文诗，如果我们细加分析，并没有什么惊人的警句。它的妙处全在结构。前一段只有三行，在诵读时却有十二个顿；末一段三行半，却只顿十次。节奏上的对比，已经暗示出小白蝶艰苦的飞扑，和海鸥长程的翱翔。在意象上，两段之间的呼应也很紧密。前一段的小白蝶变成了后一段的海鸥，而“一大片起伏不定的屋瓦”也变成了“全世界起伏不定的海洋”。联想的跳跃程序是：蝶、鸥、人。罗青的含蓄在于仅仅展示了由蝶到鸥的一段，而把由鸥到人的一段隐藏起来，让读者的想象循着结构的方向自己去追寻。现在把全诗引录在后面，让读者看看，富于结构美的现代诗，如何轻轻道来，淡淡点出，而余味无穷：

只因为，在赶班车时，偶然，看到一只，小白蝶
孤独的，面对一大片起伏不定的屋瓦，挑战式地
飞着，便停了下来顾盼之间，顿然惊觉

竟忘了什么叫海了

不过，车子总还是要赶的，海，也只不过是偶尔
想想罢了，当然，有时望着车窗外起伏的建筑出
神时，冷不防，亦会想出一只无处栖止的海鸥，
面对全世界起伏不定的海洋

三

在第三卷《吃西瓜的方法》里，罗青终于展示他特有的手法，一题数奏，奏出交相反射的许多组诗。这些组诗，意念十分单纯，意象十

分清晰，但两者交相反射彼此呼应的过程，则极为繁富。在罗青的诗中，意象与意念恒互为表里，开始的时候，表是表，里是里，犹判然可分，等到虚实之间几经换位，虚者实之，实者虚之，已觉虚中有实，实中有虚，终于亦虚亦实，表里融成一片，不复可分了。这种移形换位阴阳交错的手法，令我想起“综合的立体主义”和“变形时期”的毕加索。我常常觉得罗青的诗有一种近乎几何图形的抽象美：在这一方面，他的艺术接近林亨泰、方莘、白萩、阮囊的某些诗，甚具知性的秩序，而与超现实主义的恣纵感性大异其趣。在现代美国诗人之中，史蒂文斯（Wallace Stevens）和康明思都显然有意汲取现代画的精神：前者爱将一个意念翻来覆去，面面玩味，后者爱将文字本身拼拼拆拆，做搭积木的游戏。罗青的艺术显然倾向前者。他常在选好一个主题后，因题生题，就句引句，正正反反，侧侧斜斜，交交错错，构成一个多元空间的存在。在早期的《故土·故土》之中，像下面的比喻：

如果天是您的海报
云是您的试题
就请广告我以雷雨
考问我以霹雳

仍未能免于机械式的笨拙。到了第三卷，《两棵树》一诗以人观树开始，而以树观人结束，讽刺之中含有同情，对立之中仍能交感；表里虚实之间已经具有弹性。《茶杯定理》《书房书房》《手拿扫把》等诗则更进一步，做到了表里合一虚实不分的境地。譬如吃蛋糕，蛋黄蛋白早已难分，而蛋壳则已除尽。可是表里判然可以指认的比喻，则令人有满嘴蛋壳之感。例如《手拿扫把》一首，虽分为首、腰、尾三段，前后的呼应却很紧凑。第一段写“手拿扫把的人”背对着“我们”，“我们”罩在他的阴影里，虽然猜疑，却莫测高深。第二段写拿的方式，如何决定扫把的性质，悲则奏为吉他，怒则挥成利铲。一把扫帚幻化出这么多的意象，大大丰富了它的象征作用，而这段变奏也更增加了前段那种莫测高深的悬宕感。第三段写那人转过面来，背负天地，手拿长长的扫把，向我们扫过来。这首诗就这样在甫达高潮时突然煞住，意象虽然极为单纯，语言也似乎不够警策，但结构的力量迫使我们咽下它极富抽象美和空间感的宏大境界。如果说，手拿扫把的人暗示的是神，则扫把是否即暗示死亡，而“我们”是否即指凡人？其间的关系实在值得玩味。这首诗在结构上可说无懈可击；唯一的弱点可能是“吉他”这意象，因为第一，全诗气氛神秘而穆肃，吉他的音乐则不尽相符。第二，吉他毕竟是西方的乐器，太偏于外国情操了一点。事实上，甚受史蒂文斯影响的罗青，写这首诗的时候，大概不会不想到史蒂文斯的名诗《蓝吉他手》①。尽管如此，我仍要郑重表示，《手拿扫把》是近三两年来罕见的好诗。颜元叔认为文学乃哲学的戏剧化，果尔，《手拿扫把》可谓当之无愧。

同一卷中，我认为《摇树术》也是一首手法干净的佳作。和其

---

① *The Man with the Blue Guitar:* by Wallace Stevens.

他现代诗不同的是，这首诗的语言是纯净的口语，在感觉上尤其清新、真挚、自然，洋溢着一股健康的活力。和罗青大多数的作品不同的是，这首诗完全不用成语，因此也最接近童话诗。至于本集的主题诗《吃西瓜的六种方法》，我以为，并不是集中的最好作品，可是在组诗的结构上，却提供了十分独创的手法。吃西瓜而有六种方法，已经生动有趣，而其次序也很别致；第六种不说，也许即指“倒啖”；第五种从瓜形想到地球与星；第四种把死而入土的人和生而出土的瓜两相对照；第三种表现西瓜自给自足的精神和中庸之道；第二种表现瓜的完整和绵绵不绝；但吃西瓜这回事不仅是哲学，更是一种经验，所以第一种的“吃了再说”当然也是一种方法，一种好方法。

不过，罗青在组诗结构上的经营，最成功的例子，仍然要数第四卷中《柿子的综合研究》那一辑作品。从“研究动机”到“研究内容”，从“柿子与我”到“研究结果”，整辑十三段诗俨然一篇科学报告，但是从早餐桌上的柿子：

对我，摆出了一副
日出寒山外的姿态

到水平床上的柿子：

对我，摆出了一副
长河落日圆的姿态

又像是从早到晚，甚至从生到死的自然过程。像罗青的其他作品一样，这一辑诗用柿子做中心意象，虚虚实实，明明暗暗，投射到许多圆的、红的、香的意象上去；而最饶意义的叠合，是柿子和太阳，因为柿子之为果实，正如一枚具体而微的太阳。开始，柿子以旭日的姿态出现；后来，柿子认清了自己，准备“再用一生的过程去模仿太阳”；终于，柿子以落日的姿态悲壮地坠了下来，使作者感喟徘徊，不能自已：

一个柿子
霍然地
落在我水平水平的床上
悲壮地
对我，摆出了一副
长河落日圆的姿态
使激动万分的我
差点成了一只，孤鹜
一只盘旋而起的孤鹜
久久久久……
无枝可栖

这一辑以柿子为触媒的诗，催化出来的世界，虽然繁复，大致可以分成两类：一类属于美学经验，包括“柿子的长相”“柿子的重量”等几段；一类属于社会意义，包括“柿子的生平”“柿子观”等几段。

从一个中心形象交叠或影射出一个美学世界，这种手法令我们想起史蒂文斯的那首《瓶的轶事》[①]。不过，这两个世界在罗青特有的结构方式中，仍时时交叠涌现，甚至微妙地汇成一体。“第一回合”便是一个好例子：柿子的线条，浑圆而多变，属于自然；“我”的世界里，一切线条都工整而平行，属于机械。所以柿子的出现对“我”的世界是一种干扰，一种挑战。表面上，这种冲突是视觉的、美学的，但是深一层看，也可以说是哲学的、社会的，因为“我的世界”正是工业文明的世界，一切都制度化了，转不得弯的世界。在这方面，罗青真不是一个简单的诗人。他的手法在“第三回合”里表现得更为曲折：

那柿子
以其蛇行般的香气
吞食了我的呼吸
潜入了我的血液
旋进了我的心中
旋出了一支歌
那遥远而熟悉的歌声
那属于……
幼儿园的歌声：
排排坐，吃果果

① *Anecdote of the Jar*: by Wallace Stevens.中译见我编译的《英美现代诗选》第一六四页。

幼儿园里

一条蛇

唤活了童年的柿子，是生命的本能吗？此地柿子的联想接上了苹果，但越过苹果而攫住了蛇。在中国幼儿园里最流行的这首儿歌，唱着唱着，“朋友多”忽然变成了“一条蛇”。这种寓世故于天真的手法，具有极佳的震骇效果。

最后的一辑《月亮・月亮》，也是分成十三段的组诗，在单篇的处理上虽也多彩多姿，但在全篇的结构上则不如《柿子的综合研究》那么有机。罗青在本辑的后记里说：“《月亮・月亮》十二首，系人类登月后，发展出来的作品。诗中所用之词，泰半与历史、宗教、神话有关。”我国诗人对当代重要新闻的反应，向来是冷漠而迟缓的。据我所知，从人类登月这件划时代的大事得到灵感的，画家只有刘国松，诗人则只有夏菁等极少数几位①。以当代的大事入诗，可能只是一种早熟的反应，往往难将现实提升到艺术之境。不过诗人处理这样的题材，结果是历史还是艺术，仍需取决于处理的手法，因为文学史上不乏成功的先例②。

---

① 夏菁的《太阳神八号回航记》的末段，和罗青的《蜜蜂的月亮》在主题和意象上略微近似，但《蜜蜂的月亮》仍比较主知。夏菁这首诗发表在《现代文学》第三十七期。

② 姑不论诗史杜甫的《兵车行》《哀江头》《哀王孙》《闻官军收河南河北》等名作在中国古典诗中的可贵传统，即在英国文学史上，亦多此例。米尔顿的《闻敌将攻城》（*When the Assault Was Intended to the City*）和《闻皮德芒滥杀无辜》（*On the Late Massacre in Piedmont*），华兹华斯的《哀威尼斯共和国之沦亡》（*On the Extinction of the Venetian Republic*）等，皆咏时事。在现代诗中，惠特曼、哈代、叶慈、奥登等也都写过这样的作品。

罗青在《月亮·月亮》一辑中表现的世界，似乎比《柿子的综合研究》更为复杂。例如《公寓的月亮》显然是批评工业文明和现代家庭；《329号的月亮》显然是歌咏某青年的一生四个阶段；《床前的月亮》很可能脱胎于李白、张若虚等的诗境；《蜜蜂的月亮》大概是指人类对太空的探讨。可是有些单篇的主题和手法，就不再那么单纯。例如《弟弟的月亮》里，“我”究竟是哥哥还是神，就暧昧得十分有趣。《太太的月亮》似乎取意于“镜花水月”的成语，又像影射嫦娥，又像嘲弄人生，疑真疑幻之间，也迷离得十分动人。《司机阿土的月亮》里，把月亮和交通标语、方向盘、轮胎、地球等意象叠合在一起，接得很是紧密。可是走循环线的巴士，又像指人生，又像指地球，而阿土是否即指人类，或是指人类敬畏神明的潜意识，亦值得玩味。据作者本人对我透露，阿土不无“亚当”之想。果真如此，“阿土”一词实在远胜亚当，因为它中国化，更原始，在英文中也更含地球的联想。至于“月亮背后印些什么”，表面上是司机阿土的疑问，实际上岂非人类，亦即所谓“车里的人”，对于登月后果的不安揣测。作者能把新闻接通神话和宇宙论，手法确实是高妙的。我认为这一辑最富哲理最饶玄趣而形式上又最完整的一首，是《手表的月亮》。罗青擅长的换位法，虚实相生，在这首诗里发挥得最为成功。如果手表是时间因此也是人生的象征，则月亮正象征永恒。把手表扔空成月，可以说是极为戏剧化的哲学手势。此地我必须指出，罗青虽然是一个善玩意念的诗人，他最成功的一些作品，像《手表的月亮》和《手拿扫把》，却是戏剧化的。拿《手表的月亮》

和《床前的月亮》一比，就可以发现，后者远不如前者，因为它是陈述的，不是戏剧的。弗罗斯特曾说，诗应始于喜悦，而终于智慧。下面我要引证的这首《手表的月亮》，却始于智慧，而终于喜悦。

说：戴表是戴手铐
你就把表取下
滴滴答答，藏表入袋
说：长针是长枪，短针是短剑
乱挥一气的秒针是，指东画西的令牌
你就把枪剑令牌全部取下
滴答滴答藏表入怀

又说：圆圆表面的十二数字
就等于地球表面的烦恼数字

你就从滴答滴答的怀中
把疑傲嫉惧爱恨智愚生老病死
滴答滴答的统统取下取下
然后把光光亮亮的表，朝空一扔
扔成一个月亮，围着你
绕着你旋着你转着你，旋你转你围你绕你
成一颗，新的无名恒星

四

罗青的诗既不属“有句无篇”的一型，引述起来是颇不方便的。他的好处，他特有的秩序感，只有在读了他成辑的组诗之后，才能体会。一般的现代诗人，多自囿于主观情绪和感官经验，罗青却能跳出“有我”之境，对层出不穷的意念作“无我”的玩味和戏剧性的表现，可谓一新现代诗的主题和手法。罗青是一个肯想，能想，想得妙，想得美的诗人，二十年前的主知运动，到他，才算找到了真能实行的诗人。典型的现代诗偏重一句一语的经营，罗青却集中注意力于整体的结构。典型的现代诗五色缤纷如野兽派的画面，罗青的诗却线条干净光影分明如蒙德利安和尼科尔孙。典型的现代诗严肃到歇斯底里的程度，罗青的诗却充满好奇，富于同情，洋溢着幽默感。七十年代一开始，就出现了这样的诗人，是一个健康的新机。问题不在罗青目前究竟成功了多少，而在他的方向会把台湾的现代诗引到哪里去。我相信，那边的天地是相当广阔的。

变通的艺术

——思果著《翻译研究》读后

“东是东，西是西，东西永古不相期！”诗人吉普林早就说过。很少人相信他这句话，至少做翻译工作的人，不相信东方和西方不能在翻译里相遇。调侃翻译的妙语很多。有人说，“翻译即叛逆”。有人说，“翻译是出卖原诗”。有人说，“翻译如女人，忠者不美，美者不忠”。我则认为，翻译如婚姻，是一种两相妥协的艺术。譬如英文译成中文，既不许西风压倒东风，变成洋腔洋调的中文，也不许东风压倒西风，变成油腔滑调的中文，则东西之间势必相互妥协，以求“两全之计”。至于妥协到什么程度，以及哪一方应该多让一步，神而明之，变通之道，就要看每位译者自己的修养了。

翻译既然是移花接木、代人作嫁的事情，翻译家在读者心目中的地位，自然难与作家相提并论。早在十七世纪，大诗人朱艾敦就曾经指出，对翻译这么一大门学问，世人的赞美和鼓励实在太少了。主要的原因，是译者笼罩在原作者的阴影之中，译好了，光荣归于原作，译坏了呢，罪在译者。至于译者如何惨淡经营，如何克服困难，如何化险为夷，绝处逢生，其中的种种苦心与功力，除了有能力也有时间去参照原文逐一研读的少数专家之外，一般读者是无由欣赏的。如果说，原作者是神灵，则译者就是巫师，任务是把神的话传给人。翻译的妙旨，就在这里：那句话虽然是神谕，要传给凡人时，多多少少，毕竟还要用人的方式委婉点出，否则那神谕仍留在云里雾里，高不可攀。译者介于神人之间，既要通天意，又得说人话，真是“左右为巫难”。读者只能面对译者，透过译者的口吻，去想象原作者的意境。翻译，实在是一种信不信由你的“一面之词”。

有趣的是，这“一面之词”在读者和译者看来，却不尽相同。读者眼中的“一面之词”的确只有一面，只有中文的一面。译者眼中的“一面之词”却有两面：正面中文，反面是外文。如果正面如此如此不妥，那是因为反面如彼如彼的关系。一般译者不会发现自己的“一面之词”有什么难解、累赘，甚或不通的地方，就因为他们“知己知彼”（？），中文的罪过自有外文来为它解嘲。苦就苦在广大的读者只能“知己”，不能“知彼”；译者对“神话”领略了多少，他们无从判断，他们能做的，只在辨别译者讲的话像不像“人话”。

这就牵涉翻译上久持不下的一个争端了。一派译者认为译文应该像创作一样自然，另一派译者则相反，认为既然是翻译，就应该像翻译。第二派译者认为，既然是外国作品，就应该有点外国风味，而且所谓翻译，不但要保存原作的思想，也应该保存原作的形式，何况在精练如诗的作品之中，思想根本不能遗形式而独立。如果要朱丽叶谈吐像林黛玉，何不干脆去读《红楼梦》？有人把米尔顿的诗译成小调，也有人把萨克瑞的小说译成京片子。这种译文读起来固然“流畅”，可是原味尽失，“雅”而不信，等于未译。

第一派译者则认为，“精确”固然是翻译的一大美德，但是竟要牺牲“通顺”去追求，代价就太大了。例如下面这句英文：Don’t cough more than you can help. 要保持“精确”，就得译成“不要比你能忍的咳得更多”，甚至“不要咳得多于你能不咳的”。可是这样的话像话吗？其实呢，这句英文只是说：“能不咳，就不咳。”在坚守“精确”的原则下，译者应该常常自问：“中国人会这样说吗？”如果中国人不这样说，译者至少应该追问自己：“我这样说，一般中国人，一般不懂外文的中国人，能不能了解？”如果两个答案都是否定的，译者就必须另谋出路了。译者追求“精确”，原意是要译文更接近原文，可是不“通顺”的译文令人根本读不下去，怎能接近原文呢？不“通顺”的“精确”，在文法和修辞上已经是一种病态。要用病态的译文来表达常态的原文，是不可能的。理论上说来，好的译文给译文读者的感觉，应该像原文给原文读者的感觉。如果原文是清畅的，则不够清畅的译文，无论译得多么“精确”，对原文说来仍是“不忠”，而“不忠”与“精确”恰恰相反。

为了“精确”不惜牺牲其他美德，这种译者，在潜意识里认为外文优于中文，因为外文比中文“精确”。这种译者面对“优越”而

“精确”的外文，诚惶诚恐，亦步亦趋，深恐译漏了一个冠词、代名词、复数、被动的语气，或是调换了名词和动词的位置。比起英文来，中文似乎不够“精确”，不是这里漏掉“一个”，便是那里漏掉“他的”。例如中文说：“军人应该忠于国家”，用英文说，就成了：“A soldier should be loyal to his country.”如果要这类精确主义的译者再译成中文，一定变成：“一个军人应该忠于他的国家。”增加了“一个”和“他的”两个修饰语，表面上看来，似乎更精确了，其实呢一点儿意义也没有。这便是思果先生所谓的“译字”而非“译句”。再举一个典型的例子：“一些幸福的家庭全都一样；每一个不幸的家庭却有它自己的不幸。”[①]恍惚一看，译文好像比统计报告还要“精确”，实际上这样的累赘毫无效果。前半句中，“一些”和“全都”不但重复，而且接不上头，因为“一些”往往仅指部分，而“全都”是指整体。通常我们不说“一些……全都……”，而说“所有……全都……”。实际上，即使“所有……全都……”的句法，也是辞费。后半句中，“每一个”和“它自己”也重叠得可厌。托尔斯泰的警句，如果改译成：“幸福的家庭全都一样；不幸的家庭各有不幸。”省去九个字，不但无损文意，抑且更像格言。下面是一个较长的例子：

“你继续读下去，因为他已答应你一个‘奇妙的’故事。做这么大胆的一个许诺是需要一位极有自信心的长篇小说家的。但狄更斯却确信他能兑现，而这种确信，这种自信，就实时被转移到读者

① 这是托尔斯泰的小说《安娜·卡列尼娜》的开卷语。

的身上。你在开头的几行里就觉得你是在一位实事求是的人的面前。你知道他是当真的，他会是一个言而有信的人。某件‘奇妙的’事情将会来自这个他准备讲述的故事。”①

在不懂英文的中国读者看来，上面这一段“一面之词”的毛病是显而易见的。第一句里，“他已答应你一个‘奇妙的’故事”的说法，不合中国语法。中国语法得加一两个字，才能补足文意。通常不是说“他已答应给你一个‘奇妙的’故事”，便是说“他已答应你说一个……”。第二句的语病更大。“作……一个许诺”的说法，是典型的译文体，且已成为流行的新文艺腔。至于“作……一个许诺是需要一位……的”，也是非常欧化的句法，不但别扭，而且含混。实际上，做这种许诺（就算“作许诺”吧）的，正是下文的小说家自己，可是译文的语气，在不懂英文的人看来，好像是说，甲做什么什么，需要乙如何如何似的。同时，“一个”和“一位”也都是赘词。第二句让中国人来说，意思其实是：只有极富自信心的长篇小说家，才敢这么大胆保证（或是“才敢夸下这种海口”，“才会许这么一个大愿”，“才会许诺得这么大胆”）。第三句勉勉强强，但是后半段的“这种自信，就实时被转移到读者的身上”，也十分夹缠。如果我们删去“被”字，文意就通顺得多了。而其实，更简洁的说法是“这种自信，立刻就传到读者的身上”。我用“立刻”而不用“实时”，因为前引译文的第三句中，连用“却确”和“就即”，音调相

---

① 同一期的《幼狮文艺》第一三九页十二行至十五行。

当刺耳。第四句的后半段，不但语法生硬，而且把两个“的”放得这么近，也很难听。可以改成“你正面对一位实事求是的人”，或是“你面对的是一位实事求是的人”。第五句略有小疵，不必追究。最后一句的毛病也不少。首先，“某件‘奇妙的’事情”，原文想是“something ‘wonderful’”。果然，则“某件”两字完全多余。至于“将会来自这个他准备讲述的故事”，把英文文法原封不动译了过来，甚至保留了句子的形式，真是精确主义的又一实例。“这个”两字横亘其间，非但无助文意，而且有碍消化。换了正常的中文，这一句的意思无非是“‘奇妙的’东西会出现在他要讲的故事里”，或者倒过来说，“他要讲的故事里会出现‘奇妙的’东西”。

这种貌似“精确”实为不通的夹缠句法，不但在译文体中早已猖獗，且已渐渐“被转移到”许多作家的笔下。崇拜英文的潜意识，不但使译文亦步亦趋模仿英文的语法，甚且陷一般创作于效颦的丑态。长此以往，优雅的中文岂不要沦为英文的殖民地？用中文来写科学或哲学论文，是否胜任愉快，我不是专家，不能答复。至于用中文来写文学作品，就我个人而言，敢说是绰绰有余的。为了增进文体的弹性，当然可以汲取外文的长处，但是必须守住一个分寸，妥加斟酌，否则等于向外文投降。无条件的精确主义是可怕的。许多译者平时早就养成了英文至上的心理，一旦面对英文，立刻就忘了中文。就用“family member”这个词做例子吧，时至今日，我敢说十个译者之中至少有七个会不假思索，译成“家庭的一员”或“家庭的一分子”，竟忘了“家人”本是现成的中文。许多准作家就从这样的译文里，去亲炙托尔斯泰和弗洛贝尔、埃默森和王尔德。有这样的译文壮胆，许多准作家怎能不油然而生“当如是也”之感？

在这样的情形下，思果先生的《翻译研究》一书，能适时出版，是值得我们加倍欣慰的。我说“我们”，不但指英文中译的译者，更包括一般作家，和有心维护中文传统的所有人士。至于“加倍”，是因为“翻译研究”之为文章病院，诊治的对象，不但是译文，也包括中文创作，尤其是饱受“恶性西化”影响的作品。从文学史看来，不但创作影响翻译，翻译也反作用于创作。例如十六世纪法国作家拉伯雷（François Rabelais）简洁有力的作品，到了十七世纪苏格兰作家厄尔克尔特爵士（Sir Thomas Urquhart）的译文里，受了当时英国散文风格的影响，竟变得艰涩起来。相反地，一六一一年钦定本《圣经》的那种译文体，对于后代英国散文的写作，也有极大的影响。译文体诚然是一种特殊的文体，但毕竟仍是一种文体，无论有多碍手碍脚，在基本的要求上，仍应具备散文常有的美德。因此，要谈翻译的原理，不可能不涉及创作。也因此，由一位精通外文的作家来谈翻译，当然比不是作家的译者更具权威。

思果先生不但是一位翻译家，更是一位杰出的散文家。他的散文清真自如，笔锋转处，浑无痕迹。他自己也曾悬孟襄阳的“微云淡河汉，疏雨滴梧桐”为散文的至高境界。思果先生前后写了三十多年的散文，译了二十本书，编过中文版的《读者文摘》，教过中文大学校外进修部的高级翻译班，更重要的是，他曾经每天用七小时半的工夫结结实实研究了七年的翻译。由这么一位多重身份的高手来写这本《翻译研究》，真是再好不过。思果先生的散文是此道的正格，我的散文走的是偏锋。在散文的风格上，我们可说是背道而驰。在创作的理论上，我们也许出入很大。但是在翻译的见解上，我们却非常接近。《翻译研究》的种种论点，除了极少数的例外，我全部赞同，并且支持。

我更钦佩本书的作者，早已看出翻译的“近忧”，如不及时解救，势必导致语文甚至文化的“远虑”。一开卷，作者就在序言里指出：“中国近代的翻译已经有了几十年的历史，虽然名家辈出，而寡不敌众，究竟劣译的势力大，电讯和杂志上的文章多半是译文，日积月累，几乎破坏了中文。我深爱中国的文字，不免要婉言讽喻。”

在引言里作者又说：“我更希望，一般从事写作的人也肯一看这本书，因为今天拙劣不堪的翻译影响一般写作，书中许多地方讨论到今天白话文语法和汉语词汇的问题，和任何作家都有关系，并非单单从事翻译的人所应该关心的。”

翻译既是语文表达的一种方式，牵此一发自然不能不动全身。文章曾有“化境”“醇境”之说，译笔精进之后，当然也能臻于此等境界。思果先生在《翻译研究》里却有意只谈低调。他指出，妙译有赖才学和两种语文上醇厚的修养，虽然应该鼓励，但是无法传授。同时，妙译只能寄望于少数译家，一般译者能做到不错，甚至少错的“稳境”，已经功德无量了。思果先生的低调，只是针对“恶性西化”或“畸形欧化”而发。“畸形欧化”是目前中译最严重的“疵境”，究其病源，竟是中文不济，而不是英文不解。事实上，欧化分子的英文往往很好，只是对于英文过分崇拜以至于泥不能出，加上中文程度有限，在翻译这样的拔河赛中，自然要一面倒向英文。所以为欧化分子修改疵译，十之七八实际上是在改中文作文。这是我在大学里教翻译多年的结论。

思果先生的研究正好对症下药。他给译者最中肯的忠告是：翻译是译句，不是译字。句是活的，字是死的，字必须用在句中，有了上下文，才具生命。欧化分子的毛病是：第一，见字而不见句；第二，以为英文的任何字都可以在中文里找到同义词；第三，以为把英文句子的每一部分都译过来后，就等于把那句子译过来了。而其实，英文里有很多字都没有现成的中文可以对译，而一句英文在译成中文时，往往需要删去徒乱文意的虚字冗词，填满文法或语气上的漏洞，甚至需要大动手术，调整文辞的次序。所谓“勿增、勿删、勿改”的戒条，应该是指文意，而不是指文辞。文辞上的直译、硬译、死译，是假精确，不是真精确。

《翻译研究》针对畸形欧化的种种病态，不但详为诊断，而且细加治疗，要说救人，真是救到了底。照说这种临床报告注定是单调乏味的，可是一经散文家娓娓道来，竟然十分有趣。例如第七十二页，在“单数与复数”一项下，作者为日渐蔓延的西化复数“们”字开刀，特别举了下面几个病例：

土人们都围过来了。

女性们的服装每年都有新的花样。

童子军们的座右铭是日行一善。

医生们一致认为他已经康复了。

作者指出，这些“们”（也许应该说“这些‘们’们”）都是可删的，因为“都”和“一致”之类的副词本就含有复数了，而且既言“女性”，当然泛指女人。至于“童子军”还要加“们”以示其多，也是甘受洋罪，因为这么一来，布告栏里的“通学生”“住校生”“女生”“男生”，等等，岂不都要加上一条“们”尾了吗？目前已经流行的两个邪“们”，是“人们”和“先生们”。林语堂先生一看到“人们”就生气。思果先生也指出，这个“人们”完全是无中生有，平常我们只说“大家”。“先生们”经常出现在对话的译文里，也是畸形欧化的一个怪物。平常我们要说“各位先生”。如果有人上台演讲，竟说“女士们，先生们”，岂不是笑话？这样乱翻下去，岂不要凭空造出第三种语言来了吗？

第一四四页，在“用名词代动词”项下，作者的手术刀挥向另一种病症。他指出，欧化分子有现成的动词不用，偏爱迁就英文语法，绕着圈子把话拆开来说。例如“奋斗了五年”不说，要说成“作了五年的奋斗”。“大加改革”不说，要说成“作重大改革”。同样地，“拿老鼠做试验”要说成“在老鼠身上进行试验”。“私下和他谈了一次”要说成“和他作了一次私下谈话”。“劝她”要说成“对她进行劝告”。“航行”要说成“从事一次航行”。

第一七三页，在“代名词”项下，作者讨论中译的另一个危机：

"They are good questions, because they call for thought-provoking answers. 是平淡无奇的一句英文。但也很容易译得不像中文（they 这个词是翻译海中的鲨鱼，译者碰到了它就危险了……）。就像'它们是好的问题，因为它们需要对方做出激发思想的回答'，真再忠于原文也没有了，也不错；就是读者不知道那两个'它们'是谁。如果是朗诵出来的，心中更想不起那批'人'是谁。'好的问题'，'做出……的回答'不像中国话。如果有这样一个意思要表达，而表达的人又没有看到英文，中国人会这样说：'这些问题问得好，要回答就要好好动一下脑筋（或思想一番）。'"这样的翻译才是活的译句，不是死的译字，才是变通，不是向英文投降。

第一九〇页，作者讨论标点符号时说："约二十年前我有很久没有写中文，一直在念英文，写一点点英文，来港后把旧作整理，出了一本散文集。友人宋悌芬兄看了说：'你的句子太长。'这句话一点儿不错。我发现我的逗点用得太少，由此悟到中英文标点最大不同点之一就是英文的逗点用得比中文少，因此把英文译成中文，不得不略加一些逗点。"只有真正的行家才会注意到这一点。我不妨补充一句：英文用逗点是为了文法，中文用逗点是为了文气（在我自己的抒情散文里，逗点的运用完全是武断的，因为我要控制节奏）。根据英文的文法，像下面的这句话，里面的逗点实在是多余的，可是删去之后，中文的文气就太急促了，结果仍然有碍了解："我很明白，他的意思无非是说，要他每个月回来看我一次，是不可能的。"英文文法比较分明，句长二十字，往往无须逗点。所以欧化分子用起逗点来，也照样十分“节省”。下面的译文是一个极端的例子：“同时，史克鲁治甚至没有因这桩悲惨的事件而伤心得使他在葬礼那天无法做一个卓越的办事人员以及用一种千真万确的便宜价钱把葬礼搞得穆肃庄严。”[①] 数一数，六十二个字不用一个标点，实在令人“气短”。

不过，《翻译研究》里面也有少数论点似乎矫枉过正，失之太严了。作者为了矫正畸形欧化的流弊，处处为不懂英文的读者设想，有时也未免太周到了。实际上，今天的读者即使不懂英文，也不至于完全不解“西俗”或“洋务”，无须译者把译文嚼得那么烂去喂他。例如第一八六页所说：“譬如原文里说某一个国家只有美国 Nebraska 州那么大。中国省份面积最接近这一州的是江西。不妨改为江西省。这种改编谁也不能批评。”恐怕要批评的人还不少，其中可能还有反欧化分子。因为翻译作品的读者，除了欣赏作品本身，也喜欢西方的风土和情调，愿意费点精神去研究。记得小时候读《处女地》的中译本，那些又长又奇的俄国人名和地名，非但不恼人，而且在舌上翻来滚去，反而有一种如闻其声如临其境的快感。同时，一个外国人说得好好的，为什么要用江西来作比呢？英文中译，该是“嚼面包喂人”而非“嚼饭喂人”吧。以夏代夷，期期以为不可，一笑。这些毕竟是书中的小瑕，难掩大瑜。第一五二页，作者把《红楼梦》

① 同一期的《幼狮文艺》第一四九页三至五行。语出狄更斯的小说《圣诞颂歌》开卷第四段，里面说些什么，我无论如何也看不懂。从译文里根本看不出为什么狄更斯是一位文豪。

的一段文字改写成流行的译文体，读来令人绝倒。这段虚拟的文字，无疑是“戏和体”（parody）的杰作，欧化分子看了，该有对镜之感。在结束本文之前，我忍不住要引用一节，与读者共赏：

> 在看到她吐在地上的一口鲜血后，袭人就有了一种半截都冷了的感觉，当她想着往日常听人家说，一个年轻人如果吐血，他的年月就不保了，以及纵然活了一个较长的生命，她也终是一个废人的时候，她不觉就全灰了她的后来争荣夸耀的一种雄心了。与此同时，她的眼中也不觉地滴下了泪来。当宝玉见她哭了的时候，他也不觉心酸起来了。因之他问：“你心里觉得怎么样？”她勉强地笑着答：“我好好地，觉得怎么呢？”……林黛玉看见宝玉一副懒懒的样子，只当他是因为得罪了宝钗的缘故，所以她心里也不自在，也就显示出一种懒懒的情况。凤姐昨天晚上就由王夫人告诉了她宝玉金钏的事，当她知道王夫人心里不自在的时候，她如何敢说和笑，也就做了一项决定，随着王夫人的气色行事，更露出一种淡淡的神态。迎春姊妹，在见着众人都觉得没意思中，她们也觉得没有意思了。因之，她们坐了一会儿，就散了。

这样作践《红楼梦》，使人笑完了之后，立刻又陷入深沉的悲哀。这种不中不西不今不古的译文体，如果不能及时遏止，总有一天会喧宾夺主，到那时，中国的文坛恐怕就没有一寸净土了。

向历史交卷

——《中国现代文学大系》总序

就世界文坛的发展而言，二次大战到现在，自成一个时期，和二十年代或三十年代的思潮大不相同。冷战的延续，民权的觉醒，性的开放，暴力的泛滥，民族主义的抬头，大众传播的垄断文化，大都市的畸形发展，与随之而来的人口爆炸和自然污染，科学的权威，专家的政治，和登陆月球等导致的宗教式微，时时都使当代的作家目迷心乱，穷于诠释。面对这么繁复而重大的挑战，传统文化的力量似乎甚为微弱。在价值紊乱的过渡时代，存在主义也许可以支持少数的心灵，却无从解决广大知识分子的惶恐和困惑。

相对于世界文坛的新局面，中国文学的发展，也进入了一个史无前例的新阶段。在台湾，平时与战时的难以划分，传统文化与西方思潮的难以谐和，农业社会进入工业社会的价值脱节，大陆迁来海岛的郁闷心境和怀乡情绪，二十年来（一九五〇年到一九七〇年），表现在作家的笔下，相激相荡，形成了一种新的文学，一种异于“五四”早期新文学的所谓现代文学。

一般说来，在文化上要形成一个独立自足的时期，二十年似乎嫌短。唐诗而分初盛中晚；欧洲文艺而分新古典与浪漫，都不是短短的二三十年所能为功。一位作家的创作生命，往往还不止二十个寒暑，何况整个文学运动？不过到了二十世纪，社会形态的变迁日见加速，作家对于生命的感受以及对于语言的处理，也随之加速变化。艾略特在论叶慈时曾说，时至今日，诗似乎二十年左右为一代。有人甚至认为，最具时代感的新艺术、摇滚乐，应以五年为一代。

这样短暂的分期观念，很可能是一种时代的近视症。我们习于详今略古，近者易见其异，远者易见其同，这原是非常自然的现象。不过我们挥刀断水，从过去二十年的诗、散文、小说之中，斟酌复斟酌，终于整理出这么一部断代选集，倒不是因为我们相信艾略特的话，而是因为这段时期，在政治局势、社会形态、地理背景和文化环境等都很特殊的情形下，我们的诗人、散文家、小说家，确乎创造了一种异于“五四”及三十年代的新文学，而且隐隐呈现了近乎运动的共同趋势。

即以文学本身的背景而论，五十年代的初期也是极为特殊的。半个世纪的日据，使得台湾本省同胞和汉语完全隔离，和祖国的新文学也脱了节，所以一时无由参加中国文学在台湾的开拓工作。另一方面，大陆来台的作家之中，已经成名且号召有力的，简直寥落可数。同时这些避秦海外的名作家，都身在学府，一时也无意在文坛上活动，何况光复之初，也没有什么文坛可言。在这种情形下，有志于文学的青年一代，有如置身于荒原之上，而不得不自己去建立价值，寻求方向。

在一个欠缺偶像的文坛上，有利于青年作者的条件，是无须趋附与盲从，可以自由发挥，不利的条件也在这里，因为欠缺了公认的标准，也苦无学习的对象。年长一些的，像覃子豪和纪弦，在新文学中浸渍既久，尚能承前人之余韵，并稍启来者之先声，可是更年青的一代，便不免有点四顾茫茫了。这时由于政治局势异于平时，“五四”以来的新文学作品，除了徐志摩、朱自清等极少数例外和迁台名作家的一些，几乎完全成了禁书。一个青年作家学习的对象，纵而言之，有中国悠久的古典文学，横言之，有外国的文学，尤其是欧美和近邻的日本现代文学，可是在父亲一代的老作家，所谓“走在前面的一代”（immediate predecessors）之中，却没有几位可供借镜、亲炙。这种与昨日脱节的现象，在文学史上虽不乏前例，毕竟是罕见的。也就难怪，在五十年代的初期，仍然有这么多作家，在念旧和怀乡的心情下，向徐志摩和朱自清的遗作频频索取养分。

可是更多的作者，也是更年青的一群，已经不能满足于这种方式的学习。“五四”时代的作品，即使在五十年代的初期，也已经是二三十年前的陈迹，何况“五四”的世界已经是一次大战后的世界，和二次大战后的世界大不相同。在前无“古人”的空虚之中，年青的一代很自然地转向西方去寻求学习的对象。二十世纪初期，西方现代文坛最流行的两大思潮，一为马克思主义；一为弗洛伊德学说。

来台的作家们认为前者是集体主义的宣传文学。一般作家甚至对一切直接反映现实社会的文学，都起了反感，至少起了怀疑。余下来的一条路，似乎就只有向内走，走入个人的世界，感官经验的世界，潜意识和梦的世界。弗洛伊德的泛性说和心理分析，意识流手法的小说，反理性的诗等等，乃成为年青作者刻意追摹的对象。在世局动荡文化交替的现代，如何拨开抽象概念和刻板理论的烟雾，去正视、去亲身体验生存的实质，从而决定自己的价值，让自己去负责遵守，这该是每一个作者迟早要面临的问题。从吸收弗洛伊德到亲炙存在主义，在当时，实在是一个自然而然的倾向。

这当然只是一个显著的倾向，并非二十年来西方文学输入的全貌。事实上，除了上述的两大影响外，我国现代文学接受的外来影响，尚有十九世纪以来西欧、美国、日本的诗和小说，新潮派的电影和印象主义以来的现代艺术。里尔克、艾略特、叶慈、瓦莱里、康明思、弗罗斯特的诗，海明威、乔伊斯、卡夫卡的小说，在年青一代的心目中，取代了三十年代影响很深的罗曼·罗兰、易卜生、萧伯纳和帝俄的作家们。从伯格曼到黑泽明的新电影，从莫奈到巴洛克的新艺术，对我们的作家，都有过或大或小的启示。很奇怪的一点，是西方的新音乐，无论是史特拉文斯基和勋伯格以后的正宗现代音乐，或是普瑞斯利以后的摇滚乐，都没有引起广大文坛的注意。一般作家欣赏的，仍然是正统的古典音乐。

尽管如此，我们仍然不能说二十年来的现代文学完全是由西方的现代文艺促成的。台湾地处国际海运和空运的要冲，和美国日本的交流既如此频繁，中国传统文化的蕴蓄又不若旧日的大陆那么富厚，则年轻一代在文学上的“西化”也在意料之中。不过中国古典文学的传统，和“五四”新文学在来台作家间的流风余韵，仍然有极为巨大的潜力。即以诗、小说、散文三者而言，所谓“西化”的程度，也是深浅不一的。比较起来，二十年间，诗受到的外来影响最深，小说次之，散文最浅。照说诗在中国文学中原是最为富厚的遗产，抗拒欧风美雨的潜力也应该最大，不至于率先“西化”起来才对。可是，如果我们肯细加分析，就不难发现，我们的古典诗传统太久，至少在语言上和形式上已经发展到了极限，早呈僵化的形态；民国以后的所谓“旧诗”，更是陈腔滥调的排列组合，既少生命，也无读者可言。另一方面，“五四”以来的所谓“新诗”，成就不高，也没有形成可以涵煦后人的传统，何况在台湾，可以亲炙的新诗更是有限。“旧诗”太旧；“新诗”又不够新，年青一代因此乞援于西方的现代诗，是很自然的事。小说“西化”的程度，比诗浅，“西化”的时间，也比诗稍晚。原因颇为复杂，其中的一个，可能是中国小说传统的压力较诗为小，发展也比诗晚得多，因此和时代的“相对性”也要小些。一部《红楼梦》，对于中国新文学的残余影响，恐怕要大于任何古典诗人吧。其次，无论如何接受外来的影响，一篇小说总不像一首诗那样便于凌越本国的社会背景和语言习惯。雪莱可以用阿西曼地亚斯来讽刺人性，莎士比亚可以用古罗马人来诠释人生，可是想到狄更斯和莫泊桑，总不能完全无视于英国和法国的社会吧？海明威把“人生”，或者不如说“死亡”，搬到欧洲去，但经验的焦点还是在美国人的身上。即使以古喻今以至出今入古而做到超越时空限制的乔伊斯，也无法不把《荷马史诗》的架子，搭在都柏林的社会背景上。此外，比起诗来，小说总是较为“大众化”的文学，小说家的心目中，编者、读者和评者的比重，似乎要比诗人心目中的，要稍稍大些。诗人毕竟不能靠稿费为生，乐得超脱一些，放手去做自己“反传统”的试验。小说既然比较耗时耗力，小说家对于区区稿费的指望，自然不如诗人那样可有可无。小说家的“革命”，一般而论，可能小些。诗人可以动辄办一个同人诗刊，鼓吹一种诗风。小说家，除了《现代文学》和《文学季刊》等作家外，很少办一个同人小说刊；何况《现代文学》和《文学季刊》也还是综合性的杂志。

散文在中国文学里，具有与诗同样富厚的传统，和同样崇高的地位。如果把哲学和历史的著作解释为广义的散文，则我们几乎要说，从早期的中国文学史看来，散文的成就似乎比诗要博大一些，另一方面，诗过了唐宋，似乎就难推陈出新，欲振乏力。散文到了明朝，还能产生公安派的“反传统”运动，入清以后，虽又出现复古的桐城派，但明清的小说已经运用白话做创作的工具，对于“五四”以来的散文，早已遥启先声。散文的传统没有像诗的传统那样单线发展，乃能免于僵化。光复二十年来，“国语运动”的推行相当成功，也是一个帮助。

另一方面，小品文在十九世纪的西方文学虽很风行，散文大家也出现了不少，可是在二十世纪的西方文学里，散文，尤其是亲切可诵的小品文，却是很弱的一环，因此我们的散文受西方的影响最小。这个现象，是好是坏，非我所欲评论。我只想指出：可能因为如此，二十年来，台湾的诗和小说都已创出了新的局面，只有散文，水平虽然整齐，创新却嫌不足。“五四”初期的新文学，甚至对今日的散文，仍有相当的影响；对今日的小说，影响就小得多；至于对今日的所谓现代诗，已经毫无影响。此外，散文还有一个现象，值得我们注意。一般的散文，对于技巧的要求，不像诗和小说那么苛严，在想象的天地里，也似乎不像诗和小说那么接近纯粹的艺术。也因为如此，在这些选集里，我们颇有一些诗人或小说家“兼为”散文家的例子，但相反的例子就少得多。这种立论，希望我们的散文家不要介意。因为诗和小说既然更“纯粹”更“想象”，所担的“风险”自然也就更大：一篇失败的散文总不至于面目全非，可是一篇失败了的诗或小说，往往一败涂地。同时，散文既然比较落实，也就比较有客观的标准：乱评一篇散文，比起乱评一首诗来，总要更大的勇气吧。如果说，散文是文学的起点，诗是文学的终点，未免近武断。如果说，散文是文学的“测谎器”，当为大多数读者所接受。诗人和小说家，有时可以借派别或主义之名巧为辩解，而自圆其说，散文家妍媸立判，“混”的机会要小得多。诗人和小说家是可羡的，散文家是可亲的，至少，也是可靠的。

从社会背景来分析我们作家的成分，是一件很有趣的事情。有几种作家的大量出现，是“五四”以来史无前例的。第一是出身军中的作家。新文学初期，曾经产生过少数杰出的军中作家，不过他们的成就比较限于小说，他们的数量也远逊于文人作家。这二十年来，由于局势安定，教育普及，军人读者在一般读者中所占比例不断提高，军中作家的量和质更令文坛刮目相看。在诗和小说两方面，他们的表现都很出色，而风格相互辉映，也显然形成了一种运动。在诗坛，《创世纪》大部分的作者，和《蓝星》一部分的作者如阮囊、周梦蝶、向明、商略等，构成了极为重要的一群。小说方面，人数较少，可是朱西宁、司马中原、段彩华等的成就，也是有目共睹的。富于生活经验与民族意识的军中作家，显然鄙夷粉饰现实的理想主义和纤弱苍白的诗风。他们的作品，不是雄豪奔放，便是沉郁悲楚。

女作家的风格恰恰相反。家庭的日常生活，个人的感情世界，是她们的领土。司各特在论简·奥斯汀的时候曾说："大场面粗线条的故事，我写起来不会输给任何人；可是由于描绘和感情的真实，竟把平平常常的事情和人物写得生动有趣，那种精巧的笔触，我无能为力。"女作家在文坛上的兴起，也是值得我们高兴的一大现象，蓉子、林冷、夐虹等在诗坛上的美名，久已远播。在小说方面，女作家更为活跃。小说入选的近百位作者之中，女性约占四分之一，可见朱西宁对她们的重视。可是女作家最活跃的一个部门，仍是散文。散文入选的作者几乎有一半是女性，甚至编者也由一位女作家来担任：这两个现象，便是最好的说明。

如果说，女作家的题材比较集中在家庭和个人，而风格比较柔婉，则本省作家的题材，相对之下，属于比较乡土，呈地域性，而风格比较倾向朴拙。这二十年来，本省作家在文坛上扮演的角色，也是十分重要的。一般说来，由于日据和方言的背景，本省作家在文坛上露面较晚，但成就不容小觑，奇怪的现象是：他们的成就很偏，偏在小说；诗的成就不能算小，但比起小说来还是逊色；至于散文，几乎不值一提。偏偏在诗和散文两方面表现出众的叶珊，是一个例外。在现代诗坛上，出现得较晚的“笠”诗社，纯以本省的作者组成，文字倾向口语，题材和风格颇富于地域性，而且较受日本诗的影响。不过本省作家的表现，仍以黄春明等七八位小说家最为集中。外省小说家，尤其是军中的一些，常常要依赖对大陆的回忆来创作，久而久之，似乎有题材难以为继的现象，而且令人有远离现实的感觉。本省小说家没有这个问题，因为此时此地便是他们的现实。在某些方面，他们的写实精神和朴素文字，竟与三十年代的文学不谋而合。不过，同样是写实的精神，早期的小说和近期的，已经显示出颇大的变化，这一点，拿钟肇政的乡土风味和林怀民的知识分子意识一比，便不难察知。后者的感性和知性，与其说是地域上的，不如说是世代上的。

最后要提出来分析的一种作家，无以名之，暂且名之为学府作家。这些作家都是大学出身，以学校来说，台大居首；以系别来说，外文系最多。其中不少作家，虽然不是台大外文系出身，却和它发生密切的关系，不然就是和那些校友过从甚密。外文系的学生，得风气之先，对于西方文学的吸收、消化、介绍，最为方便，也最为彻底，翻译和批评，是他们义不容辞的工作。如果中文也好，则成为一个作家也不是太难的事。除了成名较早的几位，这些学府作家大量的出现，是在夏济安主编《文学杂志》以后的事；继有白先勇、王文兴等自办的《现代文学》努力经营，学府作家终于建立起自己的水平和风格，也意味着年轻一代的逐渐成熟。其中绝大多数都出国留学，也有不少终于在外国的学府执教，不然就是回台湾，在岛内的学府推进现代文学的运动。这些作家在诗、散文和小说三方面都有优异的表现，加上翻译和学术上的贡献，对于现代文坛的影响十分深远。照说外文系出身的作家，“西化”的程度一定大于其他作家，可是学府作家往往能以比较文学的眼光来重认中国的传统。远去海外，反而能在适度的距离上看清自己的文化，因而加倍热爱自己的祖国；同时，在外国的学府里教授中国的文学，也是一种重认的工作。

当然，上述四种作家的社会背景，也不是截然可分的。例如叶珊、夐虹等，便各具两种不同的身份；又例如施叔青，更具有三种不同的背景。同时，难于归入上述任一种类的杰出作家，仍大有人在。不过上述的四种现象比较特别，乃逐一加以分析罢了。

在题材的选择和时空的交织上，大致可以分为三大类型：中国大陆、台湾地区，海外。必然，以大陆为题材的作品，在时间上属于过去，且充满对于家国的怀念之情。以作家类别而言，军中作家和年龄稍长的外省作家（包括部分的女作家和学府作家）常写这一类作品。以文学类别而言，这一类题材常常出现在小说和散文里，有不少小品文更直接以回忆大陆为主题。诗的情形比较复杂：早期的现代诗颇有一些是直接咏叹大陆的生活和人物；晚期的现代诗不再有这种现象，代替它的是以大陆为背景的历史的孺慕，文化的乡愁。那种深厚的思念和强烈的悲剧感，绝非逢年过节说说年糕谈谈粽子的应景文章所能相比。以台湾为题材的作品，除了少数例外（像叶石涛等的某些作品），在时间上大半属于现在，且较富于此时此地的现实感。可以想见的是：本省作家的作品大半属于这一类，不过有的长于乡土人物，较富感性；有的（也是比较年青的一代）长于反映都市的社会和知识分子的心境，较富知性。外省作家也反映台湾的现实，只是所经所验既不相同，人物的活动仍多以大陆为背景。拿水晶、白先勇的小说和林怀民的一比，便可以发现，同属年青的一代，前者回顾多于展望，后者则相反。以外国为背景的作品，无论是诗、散文或小说，可以说在本质上无非是用外国来反衬中国。中国之所以为中国，或者不如说，中国文化之所以为中国文化，庐山中人反而习以为常，不太去思索，一经外国社会，尤其是典型的西方社会如美国者两相对照，优点弱点，各种特质就分外鲜明起来。这些感受不断刺激我们的学府作家，发为忧时忧国，自悲悲人的所谓留学生文学。从於梨华到张系国，飘零的一代发展的轨迹可循：前者较富抒情性、感性；后者较富社会性、知性。当然，也有学府作家企图在一个人物的身上，辐辏过去、现在、未来，把中国大陆、台湾地区和海外的三个平面构成一个立体：白先勇、聂华苓便是例子。

也就是这种相异的现实，加上西方文学的洗礼，使二十年来的台湾现代文学，在精神上和形式上，有异于早期的中国新文学。西方的现代文学惯于强调现代人在工业社会中的孤绝感，这种主题对我们年青的作家们曾有颇大的影响。相形之下，早期的新文学那种兴之所至的抒情风味，显得天真一些，不过那时候的田园背景确是浓于工业文明吧。相反地，三十年代的文学又过分强调人的社会和阶级意识。事实上，人既是社会的，也是个人的；既是理性的，也是感性的；既生活在历史里，也生活在此时此刻。如果照朱西宁在小说序言中的说法，则所以构成生命者，应为感性、理性和灵性，而所以认识生命者，端在感性和理性统摄于灵性的一种和谐，则普罗文学的集体主义未免太强调抽象的概念，而另一方面，现代文学的个人主义又未免太强调具体的经验了。人生，真像从弗洛伊德到沙特的西方人所了解而我们的许多作家所接受的那样，只是刹那经验的不断消长和轮替吗？文学，只是纯粹经验的把握吗？文学果真能完全放逐知性吗？绝对的纯粹是不是有些逃避现实的嫌疑呢？这样子的文学思想，可能是对于普罗文学的一个反动，但同样也是趋于极端吧。

如果说，现代人在工业社会中的孤绝感，确是现代文学的当然主题，则中国的现代文学和西方的，至少有一个本质上的差异。西方人的失落，大半是因为机器声压倒了教堂的钟声。中国人的失落，恐怕在于农业文化的价值面对工业文明的挑战所呈的慌乱。机器对于西方人的威胁，似乎是时代的：面对自己创造出来的工业文明，西方人有作茧自缚之恨；但是它对于中国人的威胁，不但是时代的，还是民族的，因为工业文明是外来的，意味着帝国主义的侵略，和西方文明对于中国文化的挑战。譬如说，儒家的王道、人治、伦常等观念，在西方的民主、法治、个人权利等价值的激荡之下，究竟产生了什么样的后果，这主题，恐怕比起个人在工业社会的孤绝感来，更富于现实感吧。回忆大陆的作品，比较宜于探讨中国社会的特质。处理台湾现实的作品，比较宜于探讨从农业社会进入工业社会的过渡时期之价值波动。以美国为背景的作品，最宜于表现中西文化冲突的尖锐性。说到孤绝感，台湾的现代文学所表现的该具有双重性：一方面是个人与社会（甚至自然）的隔绝；另一方面是在台湾和海外的中国人与中国的泥土以及日渐消失的农业社会的阻隔。任何作品，仅仅表现前者而完全昧于后者，恐怕就不够“立体的现实感”。

二十年来的台湾现代文学，和早期的中国新文学，也有很大的差异。这个差异，一方面来自政治情况，另一方面来自西方现代文学的影响。政治的特殊情况，使二十年来的作品满溢着怀乡之情、忧国之思，和一种今昔对照的寂苦之感。于是，以表现个人的内在世界为能事的意识流小说和超现实诗，似乎为作家们提供了一条出路，不，“入路”。从这条路进去，作家到了一个现实与梦交织的世界，一切事物摆脱了逻辑的因果，不同的时间与空间压缩在同一平面上。

这种主客易位物我交感的手法，珠明有泪，玉暖生烟，在中国古典文学之中，早已开启“此情可待成追忆，只是当时已惘然”的迷幻世界，不过要等西方现代文学的技巧来点明，才引起我们的注意和追求。只是这种手法冒的风险极大；尚未谙于把握现实就要奢望出入潜意识，以梦喻实，怎能成功？结果是，成功不乏其人，但失败且沦于可厌的呓语者，更多更多。本大系各选集入选的作品，对这种手法的态度，也不一致：很多人并未采用，部分作者只酌量利用。虽然如此，它仍不失为中国现代文学的一个特色。

另一个特色，是知性的普遍加强。早期的新文学作家中，有不少人认为新文学运动几乎只是白话运动的一部分，因而不少作品成为古典文学的白话化。现代诗颇知超越单纯而即兴的抒情，进入富于冷静观照或多元表现的境地。现代小说也颇知超越止乎表面的叙述，而进入人物的内心和事物的本质。一般说来，现代作家在技巧上比较具有自觉，能够在结构上多下功夫，而且追求表现多元性。由于运用暗示和象征，作品的主题含蓄得多，层次也深浅有致，耐人寻味。受了西方艺术和电影的影响，我们的现代作家颇知如何变形、易位、交叠、增删，去重组自然。

语言的效果化和感性化，也是一大特色。这种潜力在中国的古典诗中亦早有表现，只是新文学的作家在白话的运用上，多数尚停留在平面的达意，没有注意到立体的效果和感性的表现。时至今日，当然尚有不少作家迷信“会说话就会写文章”的观念，可是更多的作家已经发现锻炼语言的重要性。所谓锻炼语言，并不是只做到文从字顺，合情合理，有头有尾，而且把几个成语用得四平八稳，妥妥帖帖。现代作家不但要用文字的意义，更要用文字的引申义、联想、歧义，和它本身在视觉上和听觉上构成的一种“感性的存在”。

不见得每个现代作家都乐于大规模地使用白话、文言和欧化的三合土，也不一定每个作家都善于超越公式化的文法，去追求文字因特殊的安排而在节奏上意境上倍增的效果，可是许多作家都注意到了这一点，也有少数作家成功了。

二十年来台湾现代文学的成就，是多方面的。一般读者的态度，已经从冷漠和怀疑转变为了解和接受。也许客观的评价，尚有待批评家的灼见和时间的考验。也许这部大系的各个选集，尚未做到十分的公正和足够的代表性。不过，类此规模和创见的坚实选集，到目前为止，还很少见。书以《中国现代文学大系》为名，除了精选各家的佳作之外，更企图从而展示历史的发展和文风的演变，为二十年来的文学创作留下一笔颇为可观的产业。

令人遗憾的一点是：我们的学府对于“五四”以来的新文学，一直采取不闻不问的漠视态度，似乎认为，这种事，不如交给时间去管，也许过了三两百年，会有一点考证的价值也说不定。至于学府本身，自有几千年前的要事，等他们去象牙之塔，牛角之尖，慢慢钻研。事实上，大学的中文系如果对新文学以至一切西方文艺继续采取不闻不问的政策，无异自认只有退守一隅的能力。中文系要令人耳目一新，不妨从研讨、批评现代人的作品开始；即使是攻击性的批评，也比假装没有这回事要活泼得多。

其次，教科书的编者历年来也有这种视若无睹的态度。二十年来的作品，尤其是具有真正现代精神的一些，果真选不出几篇来给一般的学生反复诵读吗？时代已经变了很多，知识日新，感觉日异，一个青年不应该看看，我们这时代一些最好的头脑和最好的心灵在想些什么、说些什么吗？

我们的电影界一向缺乏文学的修养，也没有向文学好好学习的精神。我们的高等知识分子，没有几个人乐于欣赏所谓国产片，就是一个最好的说明。电影界不能说没有先知先觉，可是二十年来，能够拍出像《破晓时分》那样充实的作品的，太少了。新兴的电影，在西方的文化界，早已成为影响深远的前卫艺术。我们的电影要成为文化界尊敬且喜爱的艺术，请从接触纯正的现代文学开始吧。

最后，我想提醒翻译家们，如果他们有心把中国现代文学介绍给外国的读者，这部大系正提供了相当丰富的代表作。让外国读者明白：李太白和曹雪芹的后裔，除了应付托福考试之外，还会写诗，写小说，写散文。让他们明白：中国文学并不止于明清，或是三十年代。

中国人在美国

——序於梨华的《会场现形记》

中国人在美国，似乎可以分成三大类型。第一型，认为那里是天国，到了那里，就是真的“到了”，既然到了，当然就不走了。对于他们，美国是一枝无刺的玫瑰。

第二型，认为美国是地狱，中国才是天堂。认为美国科学虽然发达，道德却已沦丧。既然如此，为什么还赖在地狱里，不回天堂来呢？啊啊不然，他们并不喜欢那里，他们在那里，好把地狱的种种惨状不时指给天堂里的人看，使天堂里的人知道满足。“东跑西跑，还是我家最好。”这一型的中国人，根据他们的描写，美国是一枝有刺无花的玫瑰。

第三型，认为那里既非天堂，也非地狱。两者皆非，两者皆是，但又不是人间。人间，在远远的中国，越来越不现实了。他们的“现实”，是纽约、芝加哥，或是中西部的一个小镇，但是那样的现实，倒有点像梦幻，像一个睁眼的梦。美国，是一丛玫瑰，有花也有刺，也许刺比花多，而他们，在理论上说来，只是过路的蜜蜂。他们在那里徘徊，又像在寻找什么，又像在逃避什么，漫长的岁月只是一个“过渡时期”，不知道究竟要过渡到哪里去。

这倒令我想起希腊的英雄尤利西斯来了。尤利西斯本来是要回家的，半路上遇见女妖塞壬，不让他回去。意志薄弱的同伴，在塞壬的妖术下，一个个变成了猪。尤利西斯茫然四顾，何处，何处是先知泰瑞夏斯？

留学生的文学，事实上就是尤利西斯的文学，去冥府，去异城访问泰瑞夏斯的文学。只要你不甘沦为塞壬之豕，迟早你会去找泰瑞夏斯。台湾旅美的作家，应该有自命泰瑞夏斯的雄心。

中国最早的留学生文学，恐怕是《西游记》了吧。那里面也有一只猪，那只猪也最能反映人的弱点，富于“人性”。“五四”以来的新文学中，刻画留学生最生动的小说，是《围城》。那里面也有好几只猪，以教授的姿态出现，不过那时候的留学生回国的多，并不真正留下来。近二十多年来，从台湾去美国的留学生，名副其实“留”了下来，于是，留学生文学进入一个新的时期。於梨华成为这个时期的代表作家。

於梨华是当代最负盛名也是最容易引起争议的小说家之一。她旅美将近二十年，一直创作不辍，且能益臻成熟，这是旅居海外的大多数中国作家办不到的。她在下笔之际常带一股豪气，和一种身在海外心存故国的充沛的民族感。在女作家之中，她是少数能免于脂粉气和闺怨腔中的一位。她虽然已经成名，但是在近作之中，仍能不断尝试创新。《会场现形记》是她伸向“新儒林外史”的一项试探，也是她从感伤走向讽刺的一个突破。《儿戏》是表现大孩子对性的好奇与试误，有一点“新红楼梦”的味道。於梨华一向着意表现人性的弱点，她的女主角从《等》到《变》，从《柳家庄上》到《一桩意外事》——在情欲上常持模棱两可的态度，这毋宁是更接近人性常态的。这种探索虽与所谓黄色有别，却往往为她招来一些逾乎批评的攻讦。

“文如其人”，用在梨华的身上，有相当的真实性。梨华本人，在洋溢的女性之中，透出一股开朗而豪爽之气，纯真而率直，使人乐于亲近。英文所谓“disarming”（解人之防，赢人之心），正是梨华给人的感觉。这种可亲的气质，反映在她的作品里，便是感情充沛，文字稠密，一气呵成。偶尔失却控制，也会造成“流露”过分的情形。这情形在她早期的作品中，比较常见。了解小说艺术深如梨华，当然熟知“understatement”的功用，何用我来赘言？

於梨华小说面临的另一个挑战，是题材的开拓。梨华的名字和留学生是不可分的，她笔下的“无根的一代”，几已成为她那一代留学生的按语。二十年来的留学生文学，由她领先塑造成型，然后也就像一只茧，将她困在里面，也困住了继她而起的丛苏、欧阳子、吉铮、孟丝。於梨华自己屡次想突围而出：比较成功的《柳家庄上》是一个例子；不太成功的《焰》是另一个例子。梨华笔下的留学生，往往来自中产社会。白先勇的处理能稍异其趣，是因为他的人物来自更上层的社会，因而更具沦落之感。等到张系国出现，留学生文学乃有了一个不同的方向。在梨华处理留学生的初期，留学生切身的问题，诚如於梨华小说中所表现的，是个人的学业、工作、婚姻，等等，也就是“征服美国”的诸般过程。

一旦征服“成功”，新的问题便接踵来到。文化上的归宗，政治上的认同，甚至下一代的教育方式，等等，都是那些“征服者”面临的新问题。近几年来，留学生在“小我”之外，愈益感到“大我”的存在和重要。新留学生比起老留学生来，社会感和民族感都要浓得多。现代文学的一大主题，据说是现代人在工业社会中的孤绝感。然则，“文化充军”而充到最尖锐的工业社会如美国者，中国的留学生岂不是陷于双重的孤绝感之中？对于“大我”的这种孤绝感，张系国在《超人列传》和《割礼》等作品中已经颇多处理。梨华在较早的《又见棕榈，又见棕榈》里，也曾有生动的表现。只是时代变了，变了很多。先知泰瑞夏斯啊也非变不可。

除非於梨华能中止她的旅美生活，回到中国的社会里，回到醇厚的中国泥土里来再度生根、发芽、开花、结果，否则她面对的，将仍是近乎史诗的“新奥德赛”。这主题的可能性仍是颇大的，也许可以处理得寓言一些，哲学一些，社会一些，诗一些吧。元气淋漓像梨华，当然会接受这挑战的。

涩尽回甘味谏果

——序何怀硕的《苦涩的美感》

何怀硕在中国当代画坛上的地位，是颇为特殊且值得玩味的。无论在技巧的锻炼或是画史的认识上，他对中国古典绘画的传统显然都很内行。凭他深厚的根基，若向传统的残羹剩肴中去讨生活，做一个翩翩名士，是绰有余裕的。但是他不愿为古人之奴，宁可投身现代，承当二十世纪的风狂雨骤。不过，在另一方面，他也不甘心追随朝朝暮暮的欧风美雨。在年青一代的少壮画家里，何怀硕多少是一个异数。十多年来，抽象画在台湾的现代画坛上几已定于一尊，只有何怀硕和极少数的几位画家如吴昊与席德进等等，负隅顽抗到如今。何怀硕对于抽象的表现，一向抱持怀疑的态度。站在中国艺术人文主义的立场，他认为抽象画在抽离物象之余，也有抽离人性之虞，结果可能步一切形式主义的后尘，往往布置了一个舞台，却推不出演员。近几年来，抽象画在台湾已经渐渐丧失了早期的活力与壮志，更无论战时勇往直前的那种气概，除了一部分抽象画家建立了自己的风貌之外，大多数效颦之徒只能算是为《西游记》又徒然添了一回罢了。

在画坛上，何怀硕奉行的是不结盟主义。他和三五知己交游多年，画风上亦各殊面貌。这种独行侠的作风，固然不免于江湖的风波，也难以汇入一时的主流，但是孤立也往往有助于独立。台湾盛行诗社和画会已久，好处在于同人相互勉励，呼声日高，便于形成气候，发为运动；但如果久聚成党，也容易演为互相标榜、彼此羁绊的困局，对于一位艺术家自由的成长和蜕变，反而害多于益。何怀硕既无朋侪的束缚，不但便于创作的发展，更有利于批评的独立，笔锋所向，对于并世的大师与名家，颇多逆耳之谏，其中种种论点，虽然我难尽同意，但对于他敢言的勇气和犀利的评析，却是深表钦佩的。

综观《苦涩的美感》的目录，可以看得出何怀硕艺术思想的广度，从艺术本质的探讨一直延伸到中国绘画传统的重认。这样开朗的视野，是空言反传统的西化派无能为力的。及至逐一读罢各文，令人对作者丰富的知识和讨论问题时那种高瞻远瞩洞察全局的眼光，益深欣赏。例如《中国人物画之回顾与展望》及《中国花鸟画之困境》等几篇，只有谙于传统且能走出传统的胸怀才能着手。又如《绘画与文学》一文，始于两者在时空运用上异同的比较，终于两者在精神与形式上的短长，而以诗之综合理念与感性为指归；高明之论，深获我心。我特别欣赏作者批评的“双刃锋芒”，因为他的立场一面是外攘西化之狂潮，一面是内警沉酣之迷梦，两面都不妥协，腹背受敌，艰苦异常。

何怀硕的理论虽以绘画为主要对象，但往往也适用于文学，尤其是诗。他强调“文学的表现最具有‘意义’的特性”，又指出所谓“世界性”只是“不思创造的遁词”，更宣称“若沉醉于感性的形式到了低抑或排除理念之蕴含的地步，便是形式主义或唯美主义的作品”。这种种论点，值得画家与诗人郑重考虑。何怀硕的这些言论，发于超现实主义式微于台湾之先，这份远见该获得文艺史的追认。

更以综论张大千的两篇为例，我相信未来的历史也必会证实他的灼见。他认为大千先生技法之纵横恣肆诚然以一人之身集传统之大成，但是承先有余，启后不足，笔墨颜彩之道虽亦有推陈出新之处，但在精神上则出古而未能入今，绝少表现当代的现实，比起毕加索的《格尔尼卡》来，就未免太悠远了一点。观乎大师此次归国，衣古衣，食美食，所观所赏不外乎古画、京剧、横贯公路，予人的印象仍是一位风趣的长者与风雅的名士，与台湾的现实社会则似乎接触很少，即使满怀忧国之思，至少在画里看不出来。他的作品太完整，完整得太绝缘，技可通神，但似乎接不通人间。

一位创作家如果兼事理论，则他的理想与表现之间，往往颇难若合符节。用何怀硕求全大师的理想来回顾他自己的创作，其间当亦难免有若干距离。怀硕的画，在精致干净的笔与苍凉浑茫的墨后，自有一种森森祟人酸心蚀骨之感，亦即他自许的“苦涩的美感”，可是那境界毕竟还是荒寒凄冷，涉世不深，犹未达到“超圣入凡”的地步。这一点，即使从他自己的画题《寒林坠月》《苍白的月光》《残舟》《冻河》等都可以看得出一点端倪。他的画，令人想起爱伦坡，而不是惠特曼。怀硕这样自白说："在我看，甜美的自然世界早已从梦境中破碎，我们无法再进入酣睡去捡拾已破碎的美梦。我企图将那个自然世界塑造成一个象征虚寂而怪诞的天地，在它里面表露了深重的孤寂与苍郁，荒凉与凄楚，表现对如同唤不回童年那样的伤痛。我总是向往苦涩的美感。"我认为这一份孤愤之情，一方面造就了何怀硕苦涩悲辛的画境，令观者低回而不能自胜，另一方面恐怕也无形中拘束了他画境的扩展。我认为喜悦之情，只要不沦为俗滥的甜美如怀硕引以为戒者，正可表现勃然的生机与油然的活力，证之西方现代大师如梵高、克利、夏加尔、毕加索，莫不皆然。例如毕加索，便是从早年"蓝色时期"的凄冷悲哀进入后期的幽默与富厚的。然则怀硕是否可以让他的月亮落下，而升起煌煌的太阳呢？

从毕加索到爱因斯坦

——《大学英文读本》编后

“我们所以博览群书，是因为无法广交益友。”一位现代诗人这样说过。生也有涯，恓恓惶惶的现代人，谁也不能识尽天下的智士。退而求其次，只好博览群书了。可是现代的知识，不但日积月累，抑且日新月异，书刊之多，何止汗牛充栋？无论一个人多么博览，而且精选，迟早他得承认，永远有更多更多的书，等他去读；永远有卷帙浩繁的名著、杰作，在内行人看来，都是那一行那一科的基本常识；可是对于一般的读者，恐怕只能始于传闻，终于纳罕，永远是一个谜了。折中之道，便是将各行各门的大师和专家汇于一卷之中，人各一篇，逐篇读来，该有遍访名师之趣，而无单调褊狭之感。政治大学西洋语文学系新编的《大学英文读本》，便是这种构想的尝试。

我一直认为，大学的英文读本，应该一箭双雕，不仅旨在提高学生的英文程度，更应在课文的编选和阐扬上，扩大他们的见识，恢宏他们的胸襟，锻炼他们的美感，并且鼓舞青年特有的旺盛的好奇心。新编《大学英文读本》，对于课文的要求，除了内容的深度和时代性之外，强调的正是这种兴趣的多般性。三十三篇课文，以内容而言，有诗，有散文，有文学和艺术的论述，也有教育、哲学、历史、生理、太空、宗教与科学等的文章。至于作者的阵容，从萧伯纳到弗罗斯特，从济慈到希区柯克，从爱因斯坦到毕加索，更是多彩多姿，并不限于英美的大师。

本书的编选，纯然针对台湾的大学生，因此在取材上，也兼顾到中国古典的英译。压卷的五篇选文，依次是《论语》五十节（超过《论语》全书的十分之一），《庄子》五节（摘自《至乐》《大宗师》《齐物论》《秋水》诸篇），《史记》的《李将军列传》，罗素的《中西文化的对比》，汤恩比的《我为什么讨厌西方文明》。这样子的取材和编排，我自命是"革命性的"，不免有点沾沾自喜。我这样做，一则希望中国的大学生，在西方文化的对照甚至挑战之下，对于中国的文化能有更客观也是更深切的体认；二则希望他们，在国际文化交流日趋频繁也日益重要的七十年代，面对外国人士的问题，不致茫然，如果他们有志在国际的学术界研阐中国的文化，这几篇选文的浅尝，未始不是一个开端。

英文教师当可针对他班上学生的程度和背景，调整自己的进度和比重。如果学生程度不高，不妨先教《离家》和《回忆母亲》等几篇。如果是法学院和理工学院的学生，该会喜欢史科尼考夫的那篇《科技与世界政局》。中文、历史、哲学、教育等系的学生，对于中国文化的几篇，该有共同的兴趣。而无论是男生或女生（也许我该说“无论女生或男生”吧），尤其是可怜的男生，读罢孟太固《女人天生优越论》，是不可能没有一肚子的话要说的。也许教师正可借此引发一次轰轰烈烈的辩论比赛吧。有不爱看电影的大学生吗？如果没有，老师啊，教到希区柯克论导演的“新铸的语言”时，包你班上没有人望着窗外发愣——如果你对电影不太外行的话。

本书的批注全用英文，附于课文之末，共分三部分：第一部分抉发题旨与文义，第二部分简述作者生平，第三部分则为生字与成语等的逐条诠释，可谓详尽，甚至便于自修。批注应用中文或英文，诚然见仁见智，难有定论。本书用英文注释英文，无非意在迫使学生放弃中文这根“拐杖”，破釜沉舟，义无反顾而已。有些地方，也许批注本身也需要批注，不是有了批注，便没了问题。不过，既然是来游泳的，何惧乎水？不呛几口水，怎么学得会游泳呢？

用现代中文报道现代生活

如果说，电视是现代人的眼睛，而广播是现代人的耳朵，那么，报纸就应该是我们的千里眼兼顺风耳了。在时效方面，报纸每天出版一次，看得没有电视那么快，也不像广播听得那么迅速。可是映像和音波一纵即逝，太紧张太短暂了，不像报纸握在手里，当天固然可以从容阅读，事后也可以保存，留待将来参考。同时，报纸的价钱便宜，订一份报纸二十年的代价，比买一架电视机还要节省。电视机和收音机不免需要修理，报纸的读者没有这种烦恼。电视机和收音机，往往成为噪声的来源，报纸，却是最安静的大众传播工具。

比起电视和广播来，报纸确实是资历最久的大众传播事业。如果说，电视和广播更富于现代科技的精神，在另一方面，也可以说，报纸的文化背景比较悠远，文化气质也比较浓厚。在近代中国，报纸常常成为所谓“书生论政”的讲坛，梁启超、张季鸾的风骨已经成为我国报人的传统精神。可是目前我们已经进入一个崭新的时代。知识的爆发，生活的繁复，使得书生的一支笔无法面面兼顾。同时，民主时代的新闻报道和社会教育，要求的是客观和普及，更不容书生之笔在高速印刷机旁从容“生花”。中文报纸要把现代人的生活报道得客观而又普及，就不能不用所谓“现代中文”了。

什么才是现代中文呢？所谓现代中文，应该是写给现代中国人看的一种文字。这种文字必须干净，因为不干净就不可能客观，同时必须平易，因为不平易就不可能普及。一篇报道的文字，既不客观，又不普及，怎能忠实反映现代人的生活？不客观，就失去了实事求是的科学精神；不普及，就失去了家喻户晓的民主意义。科学和民主，正是现代生活的两大支柱，不科学也不民主的文字，当然不能成为现代中文。

分秒必争的电视和广播，尤其是电视，为了必须在最短的时间内把新闻报道给观众和听众，自然要用最直接最有效的口语。相形之下，报纸上使用的文字就显得太文了一点。事实上，目前中文报纸习用已久的不少语汇，都可以改得更浅白一些。像最近报上的一段消息：“‘行政院国家科学委员会’昨日表示，旅外学人回台任教时，如携带自用汽车入境，不能请求免税。”如果记者改写成“‘行政院国家科学委员会’昨天说，学人回台教书，如果把自用汽车带回来，不能请求免税”，岂不是更加浅白易解？中国的文言好用重叠的同义字和四字成语，结果是宁可说“携带汽车”，不肯直说“带汽车”，宁可说“购置仪器”，不肯直说“买仪器”。像“携”和“购”这种字眼，不但语意太文，笔画也太复杂了，如果能够避免，何必自讨苦吃？再看下面一段消息：“百乐大厦二十五日连续发生两件窃案，大厦三楼毗邻的两家住户遭窃盗潜入，窃走价值五十余万元的珠宝饰物和现款。”里面的文言有必要吗？“遭窃盗潜入”一类的文言，非但佶屈聱牙，也不很通顺，念起来太可怕了。我们不妨把这段话改浅些，变成“百乐大厦二十五日一连发生两件窃案，小偷进入三楼两家隔壁的住户，偷走的珠宝和现款，值五十多万元”。

麦克卢汉（Marshall MacLuhan）曾经再三强调：“工具就是消息”，又说：“社会之形成，有赖于大众传播工具之性质者，甚于传播之内容。”报纸传播的工具既然是文字，平易浅近的白话当然该渐渐代替艰涩拗口的文言。用白话来代替文言，不但是为了好懂，也是为了更接近现代人的观念和意识。文言里有许多词汇，不但深奥难懂，而且隐隐约约，包含了多少重官轻民尊卑必分的暗示作用。白话的用语，显然就缺少这方面的种种联想。白话和文言之分，正如现代公务员和封建时代的官吏之分。美国内战的时候，毕克斯比太太的五个儿子都为国牺牲了。林肯写给她的那封有名的慰问信，译成中文，如果用白话，一定非常贴切，换了文言，恐怕就不容易保存一个民主国家的元首那种平易而又恳切的语气了。最近，台湾各地“法院”的“公文”渐渐有改用白话的趋势，舆论的反应非常欢迎。这种变化，表面上是语文的改革，实际上却是意识的修正，因为“公文”用了白话，那种衙门在上刁民在下的训诲语气，就用不上来了。同样，报纸改用平易的白话后，不但可以普及大众，更可以在民主意识的培养上，收潜移默化之功。

也许有人要说，报纸舍文言而就白话，长此以往，俚浅的俗语取代了典雅的文言，传统中文里多少优美的字汇和词句，岂不日久失传，湮没殆尽？长此以往，未来的中文岂不日趋单调、肤浅而狭窄？我的答案是：报纸既然是大众传播的工具，当然应以方便大众为前提。迅速、简洁、正确、客观、普及，这些都是新闻的美德。新闻的文体，平易清畅就已称职。至于更进一步，要创造优美、雅健，或是雄伟的文体，那就涉及副刊、专栏和社论，是作家的责任了。作家的责任是创造，记者的责任则是报道。固然也有不少记者的笔下，出现了可读可诵的文章，那毕竟是意外的收获，对于高级的读者，算是一项可喜的花红吧。记者需要的，毕竟是倚马可待之才，不是闭门觅句之功。学术性的论著，或是文艺性的作品，应该保留酌量运用古典辞藻的权利，至于新闻报道，应该尽量使用白话。

当然，也有不少文言成语，像“每况愈下”“望洋兴叹”“莫名其妙”“旁观者清”等等，早已家喻户晓，成为日常用语，口头尚且通行，笔下岂可废止？至于太过生僻的字句或典故，就必须避免了。新闻不是文学，因为前者以客观报道为贵，而后者常是主观的创造。可是仍然有一些报纸，无论在标题或是内文里，每每把两者混为一谈。结果是无尸不艳，有巢皆香。一个三流的演员死了，也是“一代佳人，玉殒香消”。任何女人偷了东西，必叹“卿本佳人，奈何做贼”。现实的丑，用文学的美来掩饰，变成了所谓“雅到俗不可耐”。

同样,“红杏出墙”“使君有妇”“季常之癖”“河东狮吼”“玉体横陈”“不爱江山爱美人”等成语，经常出现在报纸的社会版或是花边新闻里，和电影广告的措辞遥相呼应，形成读者视觉的一大污染。像“玉体横陈”和“不爱江山爱美人”等成语，出现在原来的古典诗赋里，本有讽喻之意，可是到了今天，“玉体横陈”已经成为黄色新闻的术语，而“不爱江山爱美人”竟用来形容并未误国的温莎公爵。

新闻报道滥用典故，至少有三个恶果。第一，如果是冷僻的典故，用意太深，一般读者无法接受，就有违普及之旨。不说“失火”，偏要大掉书袋，说什么“祝融肆虐”“回禄之灾”，就未免太文了。第二，如果用得不当，扭曲了典故的原意，会给读者谬误的印象。文学的暗示性太强；新闻侧重客观的报道，应该轮廓分明，线条清晰才对。第三，许多优雅的古典词句，到了今天，全都沦为陈腔滥调，不堪入目。见报率太频，经常跟内幕秽闻联想在一起，恐怕是一大原因。联想的反应已成必然，今天我们回头再去读杜甫的“问柳寻花到野亭”，李商隐的“花须柳眼各无赖”，或是叶绍翁的“春色满园关不住，一枝红杏出墙来”，简直像念打油诗，不可能不哑然失笑。

新闻的文体，一方面要从传统的陈腔滥调里解脱出来，另一方面，恐怕还要努力戒除洋腔洋调。报纸上的洋腔洋调，正如弥漫在文坛和学府的洋腔洋调一样，都是英文意识和翻译体影响之下的产物。我说“英文意识”，是指了解英文的人而言，至于“翻译体”，则指不解外文但接受译文语法暗示的人。文坛和学府的洋腔洋调，来自外文书籍的翻译，报纸的洋腔洋调，则来自外电的翻译。翻译一般书籍，可以从容推敲；翻译外电，为了争取时间，不能仔细考虑，如果译者功力不济，就会困在外文的句法里，无力突围。

请看下面的两个例子：“正当一名不明身份的人宣读声明，声称陆军已决定接管政权时，达荷美国家电台正播放着军乐。”“日本大藏省计划，当国会通过为避免日元再升值而设计的此一调整日本外贸关系的法案后，立刻实行此一降低关税及有关措施。”第一个例子里，显然包含了一个使用过去进行时的字句。可是在译文里，主句的“正当”和子句的“正”纠缠在一起，“宣读”和“播放”两个动词之间的关系，遂变得非常暧昧。同时，“宣读声明，声称（陆军如何如何）”一类的句法，也相当别扭。如果译者多为读者设想，也许会把这句话译成：“一个身份不明的人宣读声明，说陆军已决定接管政权，这时，达荷美国家电台正播放军乐。”至于第二个例子，“日本大藏省‘计划’……”，计划干什么呢？啊，仔细一看，原来是要在“国会（如何如何）之后，‘立刻实行’（什么什么）”。在动词和受词之间，竟隔了三十一个字。这在中文的文法来说，就有点失却联络了。甚至在三十一个字的副词子句里，动词“通过”和受词“法案”之间，相隔仍长达二十三个字，这二十三个字，夹夹缠缠，竟形成了两段修饰语，修饰后面的受词“法案”。问题在于，读报的人大半很忙，谁能定下心来，慢慢分析一个欧化长句的结构呢？我认为，报上的文句，如果要读者重读一遍才能了解，就不算成功，如果竟要再三研读才有意义，那就整个失败了。富有翻译经验的人，也许还能猜出原文的结构。可是一般读者，只有茫然的感觉吧。面对这种复杂的长句，译者实在不必拘泥原文的结构。他不妨把长句拆散，然后重装。也许这句译文，可以改写如下："日本大藏省的计划是，调整日本外贸关系的这项法案，原为避免日元再升值而设，只要国会通过，立刻就执行降低关税及有关措施。"

还有一种新闻译文，虽然不难了解，却也不太可读，毛病全在累赘。再举两个例子："一个二十三岁的纺织工人正确地猜对本周末的十三场足球赛，中了巴西的足球彩票。""马克斯总统答复提出问题的记者说：'情况严重，我已经要求将最新消息从越南发来给我。'"第一句中，"正确地猜对"是可笑的，只要说"猜对"就够了。第二句中，"马克斯总统答复提出问题的记者说"也是可笑的，因为"答复"两字原就是"问题"的反应，只要说"马克斯总统答复记者说（如何如何）"，也就够了。

新闻的译文体，通常有一个现象，就是，句法是欧化的，用语却往往是文言的。句法欧化，因为译者的功力无法化解繁复的西式句法，只好依样画葫芦。用语太文，因为译者幻想文言比较节省篇幅。可是我们不要忘记，为了千万人读来省力，宁可一个人译来费力。电视和广播的新闻报道，照说应该比报上的接近口语，容易听懂，可是事实上往往也有上述欧化句法文言用语的现象。电视和广播的历史比报纸要浅，在这方面也许是受了报纸的影响吧。

新闻报道要做到客观，那是记者态度的问题。同时还要做到专业化，那就牵涉记者的能力了。记者要报道的现代生活，繁复纷纭，多彩多姿，在各种现象后面，牵涉的各行知识，是无穷无尽的。现代的社会分工日细，知识的爆发永无止境。大学里新开的课程，究竟在研究些什么，对外行人来说，恐怕永远是一个谜。要求一个忙碌的记者，报道一行就精通一行，当然是不公平也不可能的。记者接触的范围那么广阔，任何问题都要略窥一二，获得一点基本的常识，已经会有“生也有涯”之叹。可是记者专业化的要求是不容忽视的；现代社会越发展，专业化的要求也越加迫切。一个记者要是没有“适度”的内行知识，不要说谈问题力不从心，甚至于报道专家学者的谈话，也会露出马脚来的。

就拿跟我这一行相近的文教新闻做例子吧。现代文艺思潮不断输入我国，和我们传统的思想相磨相荡，在许多场合，一个文教记者免不了要访问作家或学者，或是报道一个座谈会或一次展览。由于欠缺事先的准备，或是事后的核对，有时难免写出外行话来。十多年前，所谓“抽象画”开始困扰我们的观众，在某些特写或报道之中，“抽象”和“印象”常常混为一谈，乃令迷惘的观众越加茫然。同样地，“新潮”一语原来特指现代电影的某种手法或派别，不幸往往张冠李戴，套到其他艺术的头上，竟成为“乱七八糟”的代用语了。有一次我演讲，提到美国的江湖作家，所谓“落拓派”者，第二天见报，竟成了“骆驼牌”。隔行如隔山，我举了这些例子，用意只是说明专业化的重要性，不是要讽刺哪一位记者。如果要我去访问一位科学家，我的访问记照样会记到隔壁去。记者之中，当然也有不少专门人才，可是大千世界，尤其是变化多端的现代生活，实在太丰富了，一般的记者，在定义上说来，该是站在内行人和外行人之间的传人，把少数内行人的观念和知识，不断传播给广大的外行人，包括我这位门外汉。

《录事巴托比》译后

《录事巴托比》是美国小说大师梅尔维尔中期的短篇故事。一八五三年十一月及十二月在《普特南月刊》(*Putnam's Monthly*)分期连载的时候，全名是《录事巴托比：华尔街的故事》(*Bartleby the Scrivener: a Story of Wall Street*)。当时作者虽然只有三十四岁，他的大部分名作却已经出版。关于这篇故事的来源，一说确有这么一位律师事务所的录事；一说是梅尔维尔自己的朋友艾德勒(Adler)，因患有严重的畏旷症(agoraphobia，为相对于畏闭症之病症)而于同年十月囚入布路明代尔病院；一说是影射一八四一年柯尔特杀害亚当斯一案。

当然情节来源的种种揣测，和这个短篇的艺术评价并不相涉。这个短篇不但在梅尔维尔自己的作品里是一个例外，即在十九世纪的整个美国文坛也不属于任一类型。全篇一气呵成，黑白对比，有如木刻版画的撼人力量，恐怕要到果戈理或陀思妥耶夫斯基的笔下，才能找到匹敌。

大致上说来，梅尔维尔的笔势是属于“韩潮”更甚于“苏海”的。他的气魄似乎宜于长篇而拘于小品，但《录事巴托比》悬宕的气氛却直贯全文，甚且到篇终犹蜿蜿不断。梅尔维尔和同时另一位小说大师霍桑曾为近邻，在小说的艺术上也不免承受后者手法的影响，唯梅尔维尔的象征有时似乎更含蓄，更丰盛。这个故事发生在华尔街；街而名墙壁，似乎就隐隐含有象征的意味。其后巴托比一再隐身屏风之后，面对死壁之前，甚且既入牢狱，犹终日在十仞石壁之下面墙苦立，这些频现的意象，交迭成十九世纪也是人类永久的孤绝（isolation）之感。录事巴托比终于囚入狱中，但是当局却无适切的罪名相加。说他是流浪汉吧，他朝夕自囚于一隅。说他是无力维生吧，他节衣缩食，自奉有余。说他是狂人吧，他默默无言，既无取于人，亦无扰于人。他唯一的罪行，也许是不肯承认，人在世上，必须互赖以生。录事巴托比拒绝抄录文件，是他自取灭亡的开端。这件事也不无象征的可能：录事的任务是抄录（copy，也含有抄袭、效颦、人云亦云之意），而抄录，在形而上的广义上说来，不也正是社会期之于个人的行为吗？巴托比所作所为，只是形而下的独来独往（non-conformity）罢了。而在人类社会，究竟谁清谁浊，谁醒谁狂，只是一种相对的区分。有趣的一点是：律师事务所的另外两位录事，清醒的时间虽有不同，其为半狂之病则一。火鸡病起午后，铁手铐狂发午前，如此而已。

更有一点值得注意的是：这篇故事，虽然格局只寥寥三万字，却以喜剧始，而以悲剧终。卷首事务所三位雇员的出场，作者漫画的手法，很有点狄更斯的味道；及巴托比出现，整个气氛，在一件又一件细节的烘托之下，竟由喜剧渐渐凝结而成冰凉的悲剧，不，晶缩而成巴托比蜷卧的僵尸。

如果说巴托比和事务所其他三雇员是这个短篇的“外景”，则叙说人（也就是事务所的律师）的所思所感，正可比拟为诗人霍普金斯所谓的“内景”（inscape）。在翻译的过程中，“外景”与“内景”同样深深感动了我。名正言顺，巴托比应该是这个短篇的“主角”；但叙说人是否仅仅算一个“配角”，却非我所愿确定。因为所叙对象虽然是巴托比，读者真能深入的却是叙说人的心灵。这世界，和本篇作品的读者一样，所见的似乎永远只是巴托比孤寒的背影；但这位叙说人向我们剖开的，却是他暖热的心肠和赤诚的肝胆。那么，这位律师代表的不但是一位悲天悯人的老板，恐怕还是全人类不安的良心吧？

附注：

《录事巴托比》的中英对照本已于一九七二年八月由香港今日世界出版社出版，印刷精美，但校对略有谬误。例如第二页第六行的“多情的流泪”，便是“多情的心肠流泪”之误。

外文系这一行

我曾经是外文系的学生，现在我是外文系的教授，可是在自己的感觉里，我永远是外文系的学生，我学的是这一行，干的是这一行，迷的也是这一行。三位一体，我的快乐便在其中。对于自己当初的抉择，我从未懊悔过。

我曾经考取过五家大学的外文系：北大、金大、厦大、台大、师院（师大前身）。北大没有进成，因为当时北方不宁，可是对于考取北大这件事，直到现在，我还保持一份高中生的自豪。师院也没有去，因为同时考取了台大。不过和师院的缘分，并未因此断绝；自从做讲师以来，我始终没有脱离过师大。梁实秋先生对英千里先生尝戏谓我是“楚材晋用”。楚人显然不急于收回这块“楚材”，因为我回到母校去兼课，已经是毕业后十四年的事了。至于“晋用”，也有一段“秘辛”：我任师大的讲师，先后垂八年之久，这在儒林正史上虽然不算最高纪录，相去恐亦不远了。“蹭蹬”了这么久，事实上还是该怪自己不善于填表格，办手续。最后，还是先做了美国的副教授，才升为中国的副教授的，“楚材晋用”变成了“夏材夷用”，很有一点“远交近攻”的意味。

我的外文系老师，包括英千里、苏维熊、黎烈文、梁实秋、赵丽莲、曾约农、黄琼玖和吴炳钟。最前面的三位不幸作古；最后面的一位是电视名人，他的一张“娃娃脸”很显年轻。“吴炳钟也教过你吗？”是朋友们常有的反应。

不过，在语文上影响我最大，大得使我决定念外文系的，却是在中学时代教了我六年英文的老师孙良骥先生。他出身金陵大学外文系，发音清畅，教课认真，改起卷子来尤其仔细，在班上，他对我一直鼓励多于呵责，而且坚信自己这位学生将来一定会有“成就”。那已经是三十年前的事了。少年时代的恩师是不是还在大陆，甚至还在世上，已经十分渺茫，虽然直到此刻，他的教诲，和严峻中透出慈祥的那种神情，犹回荡在我的心中。时常，面对着自己满架的著作和翻译，最大的遗憾，就是不能把这些书亲手捧给孙老师看。

现在轮到自己背负黑板，面对下面的青青子衿，不免有一种轮回的感觉。轮到自己来教英诗，恰恰也在台大文学院楼下的那间大教室，一面朗吟莎髯的十四行，一面打量左边角落里的一位学生，可是我并没有看见她，我只是在搜寻自己，十六年前坐在那座位上的自己，一个不快乐其实也并不忧愁的青年。一面朗吟，一面在想，十六年前坐在这讲台上的英先生，心里在想些什么，讲到这一首的时候，他的诠译是什么？

十多年来，我教过的科目，包括英国文学史、比较文学、散文、翻译、英诗和现代诗，尽管自己写的是现代诗，最乐意教的却是古典的英诗。一位充实的学者未必是一个动听的讲师：后者不但要了然于心，还要豁然于口。一位成功的讲师应该是一个巫师，念念有词，在神人之间沟通两个世界。春秋佳日，寂寂无风的上午，面对台下那些年轻的脸庞，娓娓施术，召来济慈羞怯低回的灵魂，附在自己的也是他们的身上。吟诵之际，铿然扬起所谓金石之声，那真是一种最过瘾的经验。一堂课后，如果毫无参加了招魂会（sénce）的感觉，该是一种失败。诗，是经验的分享，只宜传染，不宜传授。

由诗人来教诗，好处是可以过来人的身份现身说法，种种理论，皆有切身经验作为后盾。缺点至少有二：第一，诗人富于经验，但不尽巧于理论，长于综合，但不尽善于分析，也就是说，作家未必就是学者；第二，诗人论诗，难免主观：风格相近，则欣然引为同道；风格相远，则怫然斥为异端。知性主义的名诗人奥登在《十九世纪英国次要诗人选集》的引言中曾说，雪莱的诗，他一首也不喜欢，虽然他明知雪莱是大诗人。知道诗人有这种偏见，我在讲授英诗的时候，就竭力避免主观的论断，在时代和派别的选择上，也竭力避免厚此薄彼甚至顾此失彼的倾向。我的任务是把各家各派的代表人物介绍给学生认识，至于进一步的深交，就有待他们的“慧根”和努力了。

文学教授私下交谈，常有一项共同的经验，那就是，无论你多么苦口婆心或者绣口锦心，台下俨然危坐的学生之中，真正心领神会的，永远只有那么三五个人。对于其余的听众，下课的钟声恐怕比斯温伯恩的音韵更为悦耳吧。“但为君故，沉吟至今”：事实上，只要有这么三五个知音，这堂课讲得再累，也不至“咳唾随风”了。

几乎每次演讲，都会有人问我，英诗，或者一般的英国文学，该怎么研读。如果他是外文系的学生，我会为他指出三条途径。如果他志在语言而不在文学，则欣赏欣赏便可。如果他要做一位文学的学者，就必须博览群籍，认真而持续地研究。如果他要做一位作家，则他只要找到能启发他滋润他的先驱大师就行了。对于一位学者，文学的研究便是目的；研究成功了，目的便已达到。对于一位作家，文学的研究只是一项手段；研究的心得，必须用到未来的创作里，而且用得有效，用得脱胎换骨，推陈出新，才算大功告成。要做学者，必须熟悉自己这一行的来龙去脉，行话帮规，必须在纷然杂陈的知识之中，整理出自己独到的见解。要做作家，可以不必理会这些；他只要选择自己需要的养分，善加吸取便可。学者把大师之鸟剥制成可以把玩谛视的标本，作家把大师之蛋孵成自己的鸟。

二十年来，台大外文系出了不少作家，形成了一个可贵的传统。其他大学的外文系，产生的作家虽然少些，可是仍然多于中文系。平均说来，中文系如果出了一位作家，外文系至少要出六七位。中文系面对这个现象，有一个现成的答复：中文系不是作家的培养所。诚然诚然。可是紧接着的一个问题是：难道外文系就是作家的培养所吗？同样都无意培养作家，为什么外文系柳自成荫呢？原因固然很多，我想其一可能是外文系没有所谓道统的包袱，文学就是文学，界限分明，无须向哲学和史学的经典俯首称臣。其二可能是外文系研究的对象，既然是外国文学，则训诂考据等事，天经地义该让外国学者自己去做，我们乐得欣赏词章，唯美是务。其三可能是研究外国文学，便多了一个立脚点，在比较文学的角度上，回顾本国的文学传统，对于庐山面目较易产生新的认识，截长补短，他山之石也较能用得其所。其四可能是，外文系接受的，既然是“西化”的观念，一切作风理应比较民主、开放，师生之间的关系也就较有弹性，略多沟通吧。

尽管如此，作家仍属可遇难求，我们无法责成外文系供应作家，但至少可以要求外文系多培养一些学者，譬如说，外文系就应该多出一些批评家。至于翻译家的培养，当仁不让，更是外文系的天职。今天文坛的学术水平如要提高，充实这两方面的人才，应该是首要之务。文学批评如果是写给本国人看的，评者的中文，不能文采斐然，至少也应该条理清畅。至于翻译，那就更需要高水平的中文程度了。不幸中文和中国文学的修养，正是外文系学生普遍的弱点。我国批评文体的生硬和翻译文体的别扭，可以说大半起因于外文这一行的食洋不化和中文不济。这一点，外文系的学生要特别注意。理论上来说，外文系的人凭借的是外文，可是实际上，外文出身而业翻译的人，至少有一半要靠中文。外文系的翻译一课，系方和学生似乎都不够重视，其实它日后对学生的影响非常重大。同时，这一课的教授，绝非仅通英文的泛泛之辈所能胜任。

我国文化的传统，由于崇古和崇拜权威，颇有鼓励人“述而不作”的倾向。目前大专教授升等，规定只能凭借论述，而不得用创作或翻译代替，正是“述而不作”的心理在作祟。事实上，中文、外文、艺术、音乐、戏剧等系的教授，能够不述而作，或是述作俱胜，不也同样可以鼓舞学生吗？中文系如果拥有一位李白或曹雪，岂不比拥有一位许慎或钟嵘更能激发学生的热情？同时，与其要李白缴一篇《舜目重瞳考》式的论文，何不让他多吟几篇《远别离》之类的杰作呢？

外文系和上述的其他各系一样，如果永远守住“述而不作”的阵地，只能算是一种消极的姿态。假设有这么一位狄更斯的权威某某教授，把他生平所学传授给高足某某，这位高足去国外留学，专攻的也是狄更斯，回到国内，成为狄更斯权威二世，二世的高足出国留学，回到国内，成为狄更斯权威三世……师生如此相传，成为外国传统忠诚的守护人，这样当然很高级，也很够学术，问题在于：这样子的“学术轮回制”究竟为中国的小说增加了什么呢？上述其他各系的人也不妨反躬自问：他们为中国的这一种艺术增加了一些什么？以音乐系为例，多年来一直是“三 B”的天下，现在可能加上巴尔托克、贝尔克和巴尔伯，可是中国的现代音乐在哪里呢？小市民听的是中文歌曲，知识青年听的是西方的热门音乐，学院里提倡的是西方的古典音乐。少数的作曲家如许常惠等，确是在创造中国的新音乐，可是一般人不要听，而要听的少数却不常听得到，成为济慈所谓的“无声的旋律”。

“我为中国的新文学做了些什么？”各说各话，自说自话的结果，我只能提出这么一个问题，献给同行，也用以质问我自己。

后浪来了

出国两年，回国半年，感觉诗坛的气候有了不小的变化。最显著的一点是：中年的诗人普遍减产甚至停产，似乎已经进入一种“滞留期”；另一方面，年青的一代对他们的先驱愈来愈不耐烦，有的扬声挑战，有的默默寻找自己的新路。至于这种“代沟”形成的原因，该是两代作者无论对于生活本身或是对于诗的语言，都有不同的感受。现代诗在台湾的发展，已经将近二十年，即使第一代的诗人诗笔犹健，创作不辍，第二代的诗人，为了争取自己呼吸的空间，也不免要起来挑战。何况中年的诗人，死的死，出国的出国，停笔的停笔，已经难于保持“前浪”浩荡的美好姿态。从文学史的观点看来，新人能起来向旧人挑战，正是一个传统变通自强的征象。旧人如果不肯应变，或者变而不通，那就只好遗留在时代的后面，成为历史性的人物。另一方面，如果新人仅有挑战的姿态，可是亮不出新的“武器”，那还是不能成为“占领军”的。

文学风格的新旧之争，往往始于理论的相激相荡。不过，理论是主观的，必须有众所公认的新作品出现，真正的客观形势，也就是说，真正的新时代，才算成立。本质上说来，成功的作品是不落言筌，也是最雄辩的理论。有了新的杰作为例，新的理论才显得振振有词。那么，什么才是新作品呢？

新作品必须在本质上有异于旧作品。新作品对于生活和语言两者的感受，必须有异于旧作品对两者的感受。有了这个了解，我们可以说，近两年来出现的某些年青作者，名字虽然是新的，作品却是旧的，因为他们的风格，在本质上仍是六十年代典型现代诗的效颦。文学史是无情的，缪思（Muse）也不会“嫁”给谁。上一代是新的，到了下一代，就显得旧了。上述的一些年青作者，进入七十年代，还在写六十年代的典型诗，可以说是“后知后觉”。

那么，先知先觉的年青诗人，究竟在做些什么呢？答案很简单：在做和六十年代相反的一些事情。六十年代曾经是欧化的、国际的，七十年代要转向本土的、民族的；六十年代曾经是都市的、孤独的，七十年代要转向自然的、人群的；六十年代曾经是高昂的、悲愤的，七十年代要转向低调的、冷静的；六十年代曾经是浓的、繁富的、多元的语言，七十年代要寻求淡的、淳朴的、单元的语言。六十年代曾经炫耀惊心骇目的警句，强调部分的突出，七十年代强调整体的谐和，避免各自为政的意象；六十年代一面反传统，一面以怀古怀乡的心情用典，七十年代既不强调反传统，也不热衷于古典。大体上，六十年代的诗人认定文学不能“大众化”，在艺术信仰上，颇有一种以身殉之的贵族气质；七十年代的诗人比较相信“大众化”，在艺术气质上，倾向民主的开明与坦朗。当然，这样的比较并不平衡，因为六十年代的现代诗人已经成为历史，可供我们回顾、分析，而七十年代的现代诗还在萌发的阶段。前者已经是客观的存在，后者多半还是主观的期望。

三十岁以下的一代，在“新现代诗”的创作上有许多新倾向。我觉得其中的两个倾向会愈来愈显著，也许终会成为七十年代初期“新现代诗”的特色：

第一是对生活的态度。六十年代的诗人，心目中只有少数先知先觉的贵族，只有文化上的 élite（精英），所以一提到“大众化”就感到格格不入，紧张失措。六十年代的诗人，在气质上大半都很严肃，甚至太严肃了，以致容易走向悲观和狂狷。由于太相信现代西方的艺术理论，他们对于活生生的现实，不是想超越，就是想逃避，很容易遁入个人的孤绝世界里去。结果是自我剖析式的作品流行，诗的题材渐趋狭窄。年青一代的作者，有意跳出“深度”的陷阱，向较为广阔的现实寻找题材。对于艺术的“大众化”，他们乃比较有耐性去探讨。对于生活，他们也很严肃，可是愿意沉静地注视，安详地接受，不肯加以意识流的割裂。对于生活，他们并不认定必为悲哀。他们并不像先驱那样急于否定社会和某些文化传统；可能的话，他们会表现出较为肯定和开朗的心胸，甚至表现出某些幽默、和谐与喜悦的境界，总之，他们比上一代要客观一些。

六十年代的中年诗人，多半来自大陆，具有浓厚的传统文化背景，他们对于中国传统的态度，具有一种矛盾的紧张性：一方面他们在创作上要“反传统”，另一方面又患上文化上的也是地理上的，无可奈何的乡愁。年青的一代在海岛长大，在生活上既未经历过那种分割和对立，在心理上也就缺少那矛盾的紧张性。年青的一代，对于本国传统既缺少上一代那种压迫感，相对地，对于外国的新潮也不像上一代那样急于追求。

比起六十年代来，七十年代的新作者不那样怀古、怀乡，或者国际化。他们对于新古典和超现实的兴趣，都不浓厚。台湾的社会和自然，才是他们的生活背景。他们可以厌憎或喜爱这一切，但是必须把它变成诗。相对地，中年一代的诗人，心存故土，不是写乡愁，便是架空地写所谓现代人的孤绝感，很少注视海岛上周围的现实。其实这方面的空间，仍是很大的。

第二是对语言的态度。六十年代的现代诗，最高的成就是意象；最大的弱点也在意象：过于繁富的意象阻塞了节奏，甚至淹没了意义。文言句法，古典词汇，文白夹杂，欧化语态，加上蔽天塞地的意象，形成语言空前的污染。这也是一般读者难于接受现代诗的原因之一。六十年代的现代诗，以早期的新诗为革命的对象，所以在语言上避免“平面化”而追求“立体化”。七十年代的新现代诗，厌倦了六十年代老现代诗的铺张和堆砌，自然要追求“净化语言”。装饰性的人名和地名，中国和西洋的典故，可以割爱的警句，阻塞节奏的文言，曲折难通的句法，污染视域的意象等等，都是新语言净化的对象。

语言的净化，是现代诗“大众化”的第一步，也是年青一代作者的一致目标。不过所谓“净化”绝对不是一种消极的放松。它要以淡取胜，以简驭繁。它无意成为懒惰的借口，更不容现代诗回到早期新诗的浅白无味。如果说，晦涩而耐人寻味的诗难写，则淡而有味的诗更难成功。晦涩中见深奥，固然是一种冒险的艺术；但是清淡中见隽永，更是艺术中的艺术。犹如武功臻于化境的高手，不让人看出他怎么出手那样。在诗尚晦涩的时代，晦涩得成功的毕竟是少数。将来诗尚清淡也好，明朗也好，创新而有成的，恐怕更是少数。同时，晦涩而失败的诗人，如果以为清淡有较多成功的机会，就大错特错了。写淡的诗，好像参加天体营，很难掩饰自己的缺点。

即使在中年的诗人之间，语言的净化也渐有显明的趋势。在净化的语言成为风尚之前，我倒希望有少数的中年诗人能坚守他们晦涩的阵地，继续他们在艺术上的冒险。缪思的神龛，应该有几座保留给“叛徒”。也只有这个时候，留守晦涩的诗人才是真正的晦涩，而不是摆“空城计”。至于写淡的现代诗，那是纯靠实力，毫无摆空城计的机会。我怀疑写现代诗的选手之中，究竟有几个人能以淡传后。这真是一大冒险。

至于我个人，两年来受到美国民歌和摇滚乐的启发，对现代诗的看法有很大的改变。时代变得很快，也变得很多，如果我们不能把握时代，争取读者与听众，反而抱定老现代诗以身殉道的孤高情操，以为诗注定是一种贵族艺术，那只是消极的坐守，并不能为现代诗开拓疆土。事实上，认定诗必然高于其他一切艺术，恐怕只是诗人自己的虚荣。在当代，对于 audience（包括听众、观众、读者）最具震撼力的艺术，则是电影和摇滚乐，而不是诗。以英语世界为例，近十年来我还举不出任何“正规”的诗人，在影响力和吸引力上，能和民歌手鲍勃·迪伦相提并论的。即以“正规”的诗而言，艾略特的时代也早已过去。年青一代的金斯堡等转向威廉姆斯、庞德，和更早的惠特曼、布莱克、雪莱去寻求灵感。至于我自己，近来，在惠特曼的草叶之间不时呼吸到新的露水。惠特曼、《诗经》和江湖上的民歌。

里尔克认为音乐是“石像的呼吸”，又说音乐是“清纯，宏大，不适合我们居住”。我承认这是伟大的诗句，但这种艺术观未免太超越，也太贵族了一点。七十年代的现代诗，该是“树和人的呼吸，清纯，宏大，且适合我们居住”吧。

大诗人的条件

归化美籍的英国诗人奥登，为《十九世纪英国次要诗人选集》写序时曾说：

“谁是大诗人，谁是次要诗人？”这个问题，就算给它一个差强人意的解答，也是不可能的。有时候我们会认为，这不过是一种学府的时尚：譬如说，一般大学英文系的课程表上，如果有一门课专门研究某诗人的作品，那他就是一位大诗人，反之，他就是一位次要诗人。有一点至少是显然的：我们不能根据纯然美学的标准，来加以区别。我们不能说，大诗人的诗比次要诗人写得好；正好相反，大诗人一生写的坏诗很可能比次要诗人更多。同样显然的是，这件事也不能取决于诗人给予个别读者的乐趣：雪莱的诗我一首也不喜欢，巴恩斯（William Barnes）的诗，每一行都令我欣悦，可是我明明知道雪莱是一位大诗人，而巴恩斯是一位次要诗人。在我看来，一位诗人要成为大诗人，则下列五个条件之中，必须具备三个半左右才行：

> 一、他必须多产。
>
> 二、他的诗在题材和处理手法上，必须范围广阔。
>
> 三、他在洞察人生和提炼风格上，必须显示独一无二的创造性。
>
> 四、在诗体的技巧上，他必须是一个行家。
>
> 五、就一切诗人而言，我们分得出他们的早期作品和成熟之作，可是就大诗人而言，成熟的过程一直持续到老死，所以读者面对大诗人的两首诗，价值虽相等，写作时序却不同，应能立刻指出，哪一首写作年代较早。相反地，换了次要诗人，尽管两首诗都很优异，读者却无法从诗的本身判别它们年代的先后。

我前面说过，大诗人无须兼具这五种条件。譬如说，华兹华斯就称不上什么技巧大家，我们也很难说斯温伯恩的诗在题材上以丰富见长。模棱两可的情形，是无法避免的。霍普金斯作品的数量，果真当得起大多数现代批评家推许于他的大诗人之称吗？梅瑞迪斯的《现代爱情》，在我看来，无疑是一部重要诗集，可是梅瑞迪斯本人该占有什么地位呢？所以呢，不管是不是公平，下列的作者我都当作大诗人，摒除在这本（次要诗人的）选集之外了：布莱克、华兹华斯、柯立基、拜伦、雪莱、济慈、丁尼生、勃朗宁、安诺德、斯温伯恩、霍普金斯、吉普林。

以上奥登的一番话，非常有趣。他所提大诗人的五个条件，很值得我们细细玩味。接着他立刻自作一番修正，认为也有不少大诗人欠缺其中的某些条件。说得简单些，这五个条件也就是多产、广度、深度、技巧、蜕变。其中相互的关系，十分复杂而且微妙。大致说来，多产跟其后的三项——广度、技巧、蜕变有密切的关系，因为一位诗人接触面广，技巧丰富，生命不断蜕变，产量当然可观。反过来说，产量贫乏，多少总意味着生活狭窄，技巧穷困，生命呆滞。多产和深度或独创性之间的关系，似乎要淡些，因为不少有深度富独创的诗人，像李贺和艾略特，并不多产。一般说来，古典诗人较具广度，故多产；现代诗人较重深度，故少产。同时，广度与深度之间，往往互相排斥，至少很难兼顾。例如白居易、桑德堡便广而不深，李贺、艾略特便深而不广，杜甫、莎士比亚、惠特曼才算深广兼备。大诗人之深，应该是深入而浅出，故能在平易中见深厚。退而求其次，也应该深入深出。古典的大诗人往往是前者，现代的大诗人往往是后者。一般现代诗人的毛病，不幸，却是浅入深出，令人徒然目迷心乱罢了。近年来，反晦涩之风渐渐兴起，又往往流于浅入浅出之境，令人不敢相信，反晦涩竟然会反得这么赤条精光。当然，没有深度的广度，是毫无意义的。那种诗，只能算是宣传。

奥登把技巧的把握列为五要之一，是很有见解的。有不少天真的作者，在反对先驱者的技巧之余，往往误认一切技巧都是作伪，因此都在反对之列。其实，反对别人是最容易的事，问题是，自己能不能创造新的技巧来填补旧的空虚。没有灵活的技巧，怎么能处理各种的题材，并且促成一次又一次的蜕变？离开了技巧，内容将何所附丽？很多人误认“平易”就是不要技巧，至少不太讲究技巧，其实“平易”也是一种技巧，一种很高深的技巧。在五要之中，技巧似乎是唯一可学的东西，但是仔细分析起来，技巧实在是可学而不可学，因为技巧应该是感受的外延。没有那样的感受而学那样的技巧，该是最形而下的模仿，难免后知后觉之讥。

奥登提出的五要之中，最有趣的是最后的一点。次要的诗人，可能写出许多好诗来，可是那些好诗太“完整”了，也就是说，太“孤立”了，看不出怎么变来的，也看不出要变到哪里去。次要诗人的生命，往往是“成”(being)，是“一成不变”。大诗人的生命，则是“生”(growing)，是“生生不息”，是“长生不死”。大诗人的生命，恒予人一种流动之感，飞越之势。次要诗人是静态的，无所谓时序。大诗人是动态的，所以有春秋代序。

纯就英国文学本身而言，奥登的区分很有问题。他似乎不认哈代为大诗人，可是也有把哈代纳入十九世纪次要诗人之列。如果说哈代死于一九二八年，不完全属于维多利亚时代，那么比哈代晚死八年的豪斯曼又为什么竟然名列选集之中？这个疏忽实在不可原谅，因为奥登早年开始写诗，便是私淑哈代的。

奥登的大诗人名单上，竟有斯温伯恩和吉普林，实在令人不解。斯温伯恩熟极而流的音韵，离大诗人厚重磅礴的境界犹远，无怪乎丁尼生有芦笛之喻。吉普林那一套大英帝国的自豪和异国情调的铿锵，实在很令人难为情。不知道是不是因为艾略特对他谬加叹赏，致令奥登，艾略特的大弟子，也惑于吉普林的价值？把这本选集和奥斯卡·威廉姆斯编选的《英国大诗人选集》相互对照，我们发现，奥登认为次要诗人的克丽丝蒂娜·罗赛蒂和豪斯曼，在威廉姆斯的评价之中，却奉为大诗人，至少是“重要诗人”。由此可见，所谓“盖棺论定”之说，在文学史上并不能完全接受。也许像华兹华斯、拜伦、济慈、丁尼生之辈，千秋万世，大诗人的地位已成定论，可是在大诗人和次要诗人之间，还有一个“边缘地带”，一任罗赛蒂兄妹、斯温伯恩、豪斯曼之流，徘徊其间，时而烜赫，时而隐晦，难有定评，其间的荣辱，大半取决于时尚的潮起潮落。

奥登身为反浪漫的第二代要角，在提到雪莱等浪漫大师的时候，仍能平心静气，承认他们大诗人的地位。把主观的好恶和客观的褒贬截然分开，这种超然的批评风度，是值得我们学习的。台湾的现代诗，面对他提示的五个条件，第三、第四条件也许勉强可以通过，其余三条恐怕还有待进一步的努力。这也是我们应该好好反省的。

现代诗怎么变？

台湾的现代诗已经到了应该变，必须变，不变就无以为继的关头了。中年一代的诗人，搁笔的一年比一年多。这现象，与其说是才尽，不如说是气馁。年青的一代，很有几位想要突破僵局，自寻出路，但是跟在上一代后面乱跑的“后知后觉”，也很不少。在我个人看来，中年一代的诗人里面，能够脱胎换骨，刷新羽毛，再令风云变色的，恐怕不出半打。我们怎么变，我不敢预测。一般作者会怎么变，该怎么变，我倒有兴趣谈一谈。

第一，恶性西化和善性西化。所谓“恶性西化”是指中国诗人向国际现代主义投降，对西方现代诗派无条件地接受。回顾十多年的历史，先是诗人相信“横的移植”，结果“横的移植”未成，“纵的切断”倒先见了效。继而诗人相信，洋花之中，横植一种便可，结果是输入了存在主义其茎超现实主义其蕊的那种作品。国际现代主义之为特效药，药性固然很强，副作用显然更猛。受益的少，蒙害的多；当初倡导服用的人，终于也发现问题十分严重。于是提倡现代诗的人，要“取消”现代诗，而提倡超现实主义的人，也不得不修正自己的立场。“恶性西化”的危机，一直到近两年来才告缓和。目前还有少数中年诗人困在六十年代老现代诗的迷宫里，追求一种叫作“纯粹经验”的幻境。不幸那样的经验，在他们的诗里，给抽得太纯粹了，以致读者无法分享，成了禁宫式的绝缘经验。我要特别指出：一首诗中的细节，无论有多形象化甚至戏剧化，如果缺乏主题一以贯之，则众多细节相加起来的结果，说来奇怪，反而是抽象的，而非具象的。中年诗人渐趋成熟，或许能将“恶性西化”终于转为“善性西化”，使年轻一代在接受外来影响的时候，增加自信，较有选择。我自己出身外文系，绝无阻止西化自断出路的可能，但是由于半生俯仰其间，对于“恶性西化”的危机，也加倍地警惕。西化只是现代化的手段之一（因为还有别的手段），不是现代化的终极目标。六十年代老现代诗之所以混乱，原因之一，便是误将手段当作了目标。

第二，技巧和主题。一个诗人一旦迷上了所谓“纯粹经验”，势必要全盘否定主题。经过六十年代“恶性西化”的恶补，不少诗人直到今天仍然羞言“主题”，好像一言主题，便成了宣传。正如“民族”“社会”“现实”“责任”一样，“主题”一词早已列为现代诗的禁忌之一。不过我要在这里强调：诗无主题，是一大邪说。主题容有露骨与含蓄之分，但不发生有无的问题。譬如电影取景，摄影机本身只有感性而无知性，只能被动地记录，用摄影机的人则兼有感性和知性，必须主动地选择。只讲技巧，不问主题，岂不成了摄影机？我认为主题和技巧之间有这样的关系：主题压倒技巧，观念抽离经验便沦为宣传；反之，技巧淹没了主题，经验不具意义，便沦为颓废。技巧必须为主题服务，才有意义可言，正如武器虽然厉害，为福为祸，还要看人怎样使用为定。为技巧而技巧，为形式而形式，虽然诗人也能感到一种高级的过瘾，毕竟是一种“内行人的游戏”，广大的门外汉是无缘同乐的。仅仅把一句话说得很特别，恐怕还不能就算艺术吧。所以王尔德语妙天下，往往只是卖弄聪明，还不到流露智慧的境界。杜甫虽然也强调语必惊人，毕竟他的主题深厚博大，没有沦为雄辩或嚼舌。读者喜爱一位诗人，该是因为诗人有许多地方跟他休戚相关，忧乐与共，而不是因为诗人处处跟他言语不通，感觉相左吧。

第三，小我和大我。六十年代的老现代诗最喜欢讨论的问题，便是所谓“自我之发掘”。这句口号，玄之又玄，几乎变成了现代诗人遁世自高的托词。一时众多诗人都转过头来，来探索自我的内在世界，而据说，这内在的世界远比外在的世界更深邃、丰富、真实，所以探索起来，应该是无穷无尽的。此说当然很有道理。问题在于，如果所谓自我仅仅是小我经验的一条死胡同，则探索的结果不会比日记、私信或者梦呓更有意义。现代文艺津津乐道梦的意义。在我看来，梦出现在作品里，如果不能成为现实世界的一泓倒影，则并无多少意义可言。不关痛痒的美，终究是颓废的。不关痛痒，文不对题，英文所谓“irrelevant”，在当代批评的用语里，是一个相当重的贬词。大诗人当然不可能“太上忘情”到泯灭小我的程度，只是在他的作品里，小我的另一端遥接大我，我悲亦即人悲，我笑亦即人笑，我的切身经验亦即众人经验的具体而微。在这种情形下，自我的探索亦即人性的探索，感动自己，同时也感动广大读者。说到这里，我们不妨谈谈何谓大我。在我看来，扩大同情甚至认同的对象，大我便在其中。社会、民族、国家、人类，都是或大或小的大我。譬如美国南北战争的时候，一个北佬或一个弗吉尼亚人，只是一个小我，整个北方是一大我，整个南方也是一大我，但真正的大我，该是美国甚至全人类。所以南方的代言人兰尼尔（Sidney Lanier）只能算是一个次要诗人；北方的代言人惠特曼，因为同时也是美国的甚至全人类的代言人，才能算一个大诗人。有些现代人一端执住一个自我，另一端自称执住了人类，于中间的社会和民族则并无同情，或不加观察，因此他们处理的经验，不是个人到狭窄的地步，便是广泛到抽象的地步。我们今天的处境，可说已到钟鸣山崩，一个诗人仍在斤斤计较他的自我，或是自诩为人类代言，总不免使人觉得文不对题。譬如自己家里正失火，反而忙为邻村凿井，岂不成了病态的远视症吗？今天的知识分子普遍关切民族的大问题，独独诗人（至少在作品中）令人有置身局外之感。现代诗之遭受冷落，宁非必然？现代诗人耻言大众，由来已久，如果连知识分子，最狭义最起码的大众，竟也在诗人耻为代言之列，则小小的这个自我，会发掘出什么东西来呢？

第四，洋和土。六十年代的老现代诗，风格上很“洋”。七十年代的新现代诗，渐渐返璞归真，有转向“土”的趋势。诗人从洋云洋雾里一跤跌下来，跌到厚厚实实的中国泥土上，反而有点要生根的样子了。何谓“洋”？“洋”就是“恶性西化”，显得很国际、很世故、很孤绝、很都市文明、很受机器压迫。诗中的感觉，尤其是视觉，很有点翻译的味道，十字架和帝国大厦的影子在字里行间晃动。写起论文来呢，一下子什么克，一下子又什么希，成了西方诗人的意见箱。相对于“洋腔洋调”，我宁取“土头土脑”。此地所谓“土”，是指中国感，不是秀逸高雅的古典中国感，而是实实在在纯纯真真甚至带点稚拙的民间中国感。回归中国，有两条大道。一条是蜕化中国的古典传统，以雅为能事；这条路我十年前已经试过，目前不想再走。另一条，是发掘中国的江湖传统，也就是尝试做一个典型的中国人，带点方头方脑土里土气的味道，这条路，年青一代的诗人很多在走，罗青、吴晟、林焕彰等都走得很有意思。中青一代，白萩、管管、戴成义等好几位也早已上了路。痖弦早期的诗比较土，后期的诗就显得洋了一些；后期的诗也许艺术价值比较高，可是中国感不如早期。我近年很喜欢民歌和摇滚乐，也无非是欣赏那一股土气。在目前，我想不出还有什么比“土”更充实可爱的东西。“土”的反面是“洋”，也就是“花”。不装腔作势，不卖弄技巧，不遁世自高，不滥用典故，不效颦西人及古人，不依赖文学的权威。不怕牛粪和毛毛虫，更不愿用什么诗人的高贵感来镇压一般读者，这些，都是“土”的品质。要土，索性就土到底。拿一把外国尺来量中国泥土的时代，已经过去了。

传奇以外

去国四年的愁予，吟咏日渺，令人望眼欲穿。近读《郑愁予传奇》一文，作者杨牧竟已预言，马蹄达达，所谓“归人”，行将成为“过客”。两万字的《郑愁予传奇》读罢，掩卷黯然，渺渺予怀，渺渺予目，望美人兮在天一方。

杨牧这篇论文，无论文字，见解，史识，或风趣，都臻上乘，与一般论诗之作的累赘或唐突，很不相同。其中论点，十之八九我都有深切的同感。相信这篇论文，必然成为现代诗批评的重要文献。不过，里面也有两点，在此我想稍加指陈，请作者再予斟酌：

首先，引述之误。李白《将进酒》首句该是“君不见黄河之水天上来，奔流到海不复回”，而不是“不复还”。“来”“回”同属灰韵，“来”“还”就不对了。作者说“这种技巧（形式‘决定’内容）是新诗的专利，古典格律诗无之，除非狂放如李白，或可偶尔为之”。

大致说来，这是对的。不过在古典诗中，也尽有古风和乐府，在句法的长短，平仄的错落，换韵的自由各方面，让诗人放手去尝试。杜甫“呜呼！何时眼前突兀见此屋”诸句，便是极现成的例子，不一定非李白始能“偶尔”啊，一笑。又飞卿《梦江南》名句，应作“过尽千帆皆不是，斜晖脉脉水悠悠，肠断白蘋洲”。也许作者意在一、三两句，但越句引诗，仍以虚线标明为宜吧。

其次，下语的轻重，在少数地方似乎还可以推敲。通常说来，只有常采“低调”的评论家，偶尔拔起“高调”的时候，他的美评才显得真有分量，所谓一字之褒，宠逾华衮。一九六九年冬天，曾与杨牧在丹佛的一座小楼上，坐拥满窗雪景，饮酒论诗。当时两人戏谓，评论家在褒贬扬抑之间，可分两型，好褒人者，可谓之“膨胀型”（inflationary），好贬人者，可谓之“泄气型”（deflationary）；说到妙处，更引时人为例，相与抚掌大笑。及至读到九月号《幼狮文艺》，乃讶然于故人别后，不但体貌日丰，甚至吹嘘之间，竟亦见膨胀之势。这当然只是说笑，不过今天的杨牧，已非“花莲时代”可比，一语既出，虽不能说“万方瞩目”，至少也是“众所瞩目”，泄气不得，膨胀也不得啊。《郑》文对徐志摩推崇备至，这种风度，在轻于否定前贤的时下习气之中，确是值得提倡的。只是“我听着了天宁寺的礼忏声！”之类的诗句，是否真的将“平凡的口语道白化为最动人心弦的诗句”，而《再别康桥》是否称得上“中国有新诗以来难得一见的金玉佳构”，恐怕仍有争论的余地吧。徐志摩这只气球（原谅我的譬喻），久患膨胀之病，一针泄气，当然有欠公平，但是为他吹气，似乎也不必了。

愁予的诗，当然极好，现代诗之有婉约派，首功归于愁予，现代诗未全被超现实主义拐跑，愁予曾是压阵人之一。诚如杨牧所言：“愁予造成的骚动和影响是巨大、不可磨灭的，三卷诗集的分量，远胜许多诗人的总合。”不过在《郑》文中，愁予竟与盛唐大师联袂同游，始则方之少陵，继复拟于谪仙，近更取喻川端康成，岂不使《郑愁予传奇》真成了“传奇”？同样地，杰出侪辈如痖弦，在一九五七年那阶段，是否能用洛阳纸贵、万方瞩目来形容，也是值得斟酌的。诗的运动原是精神世界的潜移默化，与“万方瞩目”的头条新闻、国际大事毕竟不一样啊。

话说到这里，我岂不是有“泄气”之嫌了吗？曰又不然。我于愁予，向来钦佩，在《幼狮文艺》上刊出的那首《小召》，便是一例。今年四月间，我在东吴大学中文系一连讲现代诗四次，愁予的诗，曾引证再三，赞不绝口。像《郑愁予传奇》这样的绝妙好文，希望杨牧能多写几篇，一来可以充实我国现代文学的批评；二来诗人论诗人，搔痒无须隔靴，冷暖端在共饮；三来诗人赞诗人，双方成就相当，声名匹敌，“文人相轻”的谣言，不攻自破。

恰如其分地赞美一位值得赞美的诗人，本身就是一件值得赞美的事。

附注：

一、杨牧说“达达”是形容马蹄的拟声格，诚然。其实，我以为在更含蓄的层次上，四声皆仄且皆险急的“是个过客”，也可以说是暗示马蹄达达的清脆，一如敲在青石板上。

二、杨牧说：“不困难的诗并非一定是好诗，但困难的诗大部分好像是坏诗，只是少数例外，我一时只想起杜甫的《秋兴》、勃朗宁的一些戏剧独白体，和艾略特的《荒原》。”这是一个值得争论的大问题，因为有些困难的诗不但困难，而且令人不悦，有些则虽然困难，却十分迷人。某些现代诗属于前者，《秋兴》却属于后者。至于《荒原》，困难固然十分困难，是否好诗则很有问题。《荒原》名气之大，久已成为现代诗的“原型”，一般误以芜乱为丰富的作者，曾挟此诗以自重，包括我自己在内，“受害人”可谓不计其数。当其盛时，连博学卓见的夏济安先生也不免试写《香港一九五〇》那样的作品，而另一位高明的学者（陈世骧先生）竟称之为“一首相当重要的诗”。由此可见一斑。

三、评语轻重之间，实在难以把握。我在评论刘国松艺术之际，竟也用上了“不朽”之类的字眼。如果杨牧反驳说：“瞧你自己，不也‘膨胀’得可以？”我也只有傻笑以对。以后出书之时，当稍稍“泄气”，以防爆胎吧。

现代诗之重认

——把一切交给历史

七十年代一开始，台湾的现代诗便进入了史无前例的批评时代，大致说来，创作的活力远不及批评的气势。也许我应该说“空前凌厉”，不该说“史无前例”，因为远自十五年前开始，现代诗就已遭到外界猛烈的批评。不过这一次的情形，确实是空前的。首先，“攻方”的阵容远比十五年前要坚强；我们可以说苏雪林和言曦不懂现代文学，却难以否定科班出身的颜元叔和关杰明等人在这方面的知识。其次，对于现代诗虚无与晦涩等的病态，十多年来，除了纪弦、张健和我曾屡作逆耳之谏外，现代诗同人的自省之声，并不多闻。可是这一次的猛烈批评，却大半发自现代诗人本身，尤其是年青的一代。也许郭枫、杜国清和高准诗龄较长，可以被纳入中年的一代，亦即李国伟所谓的“前行代”，可是从傅敏、岩上、陈芳明到罗青，参加这一次大批判的多数诗人，仍是“新生代”的中坚分子。最后，攻方气势空前凌厉，守方却很少出来自卫，尤以当年高扬超现实主义大旗的几位主将为然。看得出，守方的士气并不高昂，理论的据点也不够多，反击的胜算可说渺渺。例如李英豪，十年前活跃于现代诗坛的所谓“前卫批评家”，早已自绝于严肃的文学了。又如刘延湘，十年前她也是一位典型的浪子，但是，从她最近出版的诗集《露珠集》来看，可说早已摆脱了六十年代老现代诗的影响。显然，就现代诗而言，一个新的时代已来临：六十年代的种种，健硕的将被肯定而屹立；病态的，将难逃历史的审判。

但是消极的批评甚至苛刻的否定，是不够的，混战的尘土落定后，更需要平心静气，抱持治史的客观精神，为二十年来的现代诗，无论是创作上或是理论上的发展，整理出一个秩序井然比例悉称的透视图来。有了这样的史观，我们才能判定以往的种种趋势或运动，何为主流，何为支流，何为顺潮，何为逆流；才能判定西化的得失，传统的消长，是怎样的来龙去脉，更从而认识个别诗人相对的功过与地位。我们必须承认，诗虽然是一种主观的表现，诗史和诗评却是一种客观的工作，严肃的学问。片言只字，就要肯定或否定一位多产的诗人，也许可逞一时之快，但是如果欠缺批评的深入分析和史料的切实佐证，就难使读者心服口服。《龙族》诗刊第十一期上，林锋雄为成立现代诗库而发表的一篇短文，可以说是十分适时的呼吁。林锋雄指出，欠缺信史资料，“经常严重地影响到中国现代诗史的研究工作，以及文学批评的客观性，从而引发一些不必要的争论，严重地妨碍了现代诗走进文学史的速度。例如，现在（仅距现代诗派成立二十年）我们几乎无法正确地估计出《现代诗刊》或《蓝星》对现代诗的发展产生多大的影响。一个三十岁以下的年青人，对《现代诗刊》或《蓝星》的印象，大都是一些传说”。林锋雄在结论中建议：“急速成立公藏的诗库。”

年青一代的诗人能有这样的识见，且及时予以提出，实在是诗坛之幸。把握真相，应该是一切知识与判断的起点。例如某诗刊近期发表了一封投书，竟说“从余、洛等人诗风的转变为比较明朗足以证实：贵刊在中国新诗的争论中，已经取得了明显的胜利”，这个谎真是小得好笑。因为第一，我的诗风向不晦涩，无须转为明朗。第二，我对晦涩的批评由来已久；我的《论明朗》一文（见《掌上雨》第十五页）发表于一九六二年五月，上述该诗刊之创办则在一九六二年七月，以七月去影响五月，是违背常识的事。第三，我虽然一向反对不必要的晦涩，但更不支持不可耐的浅显；与其名为明朗而实浅显，我宁取洛夫式的晦涩。

如果林锋雄理想中的现代诗库得以成立而且公开于世，则上述诗史上的细枝末节，不待空言妄论，只要一查数据便迎刃而解。诗坛的学术尊严有待建立，不过说到二十年来诗史的整理，年青的新生代在批评的立场上，似应比中年的一代为客观。《大地》和《龙族》近年来在这方面的工作，已经有了令人欣慰的表现，但是研讨的范围仍需扩大。我希望，现代诗库成立后，年青一代有志于诗史与诗评的作家、学者，能够从完备而信实的数据里，编出下列的几部大书：

（一）中国现代诗史：这部诗史应该始于《现代》《蓝星》《创世纪》三社成立之初，甚至更早三四年，而以这一次大批判的前夕为止。发展的线索可采多元方式。譬如诗社的互为消长，是一条。不过诗社的发展难以笼罩某些独来独往的诗人如郑愁予、叶珊、方莘和方旗，平衡之道，可以加上另一条线索，而以诗观诗风的兴替为主，譬如主知主义和超现实主义的发展，便是很可一寻的脉络。此外，重要诗人的个别发展，在诗史上举足轻重者，可以为整个诗史剪一个侧影，而收相互印证之功，也不妨列为一条线索。至于诗的运动和论战等大事，亦可理出几条支线。诸线交相编织，反复投射，相信一部诗史就在其中了。

（二）中国现代诗选：如果没有足够代表性的诗选集和诗论选集加以佐证，则上述的诗史将予人空谈失据之憾。历来我们现代诗选均瑕瑜互见；何况早期的几种已经过时，后期的几种不幸又偏于一种风格，即使对于同一位作者的诗，往往亦以该一风格为取舍的标准，因而初尝现代诗的读者，几乎误认现代诗为一场噩梦。客观而具代表性的现代诗选，一直虚悬在我们的心中，未见出版，这真是对诗坛良心的一大挑战。此地所谓的代表性，正如陈芳明在《书评书目》第五期论《中国现代文学大系》诗选部分时所言，不但应指入选作者，也应指同一入选作者的前后作品。譬如只选《深渊》一类的诗，便无从认识早期的痖弦。同时，二十年来在虚无和晦涩以外的佳作仍复不少，沙里淘金的结果，相信必能使新的诗选面目一改，而且修正读者对现代诗久留的印象。

（三）中国现代诗论选：二十年来的诗论和诗评恐已在百万言以上，可是选集少之又少，且多为一家之言。理想中的新选集，不妨依年代的顺序分为一般的理论和个别的批评两大部分：后者更可分为几小类，例如针对某一重要诗人的是一类；针对某一著名诗篇的是一类，书评是一类；重要论战正反双方的辩词又自成一类。至于入选的标准，固然因人而异，难衷一是。我则建议，不妨分两个层次来进行。第一个层次以优越性为准则，只要论文本身精彩，富有真知灼见，便应入选。第二个层次以代表性为准则，论文本身不必精彩，甚或可能极不高明，但是只要能忠实反映某一时期的风尚或者某一群人的观念，也应选入集中，充当诗史的第一手资料。

有了这三部书，我们对于二十年来现代诗在台湾的发展，才会有比较深入而客观的认识。如此则无论谁要研究，批评，甚至大肆攻击现代诗，他都必须扪心自问：“我对现代诗的认识够充分吗？许多重要的史实和文献我都过目了吗？现代诗人全都是反叛传统，盲目西化，而且缺乏民族性与社会感吗？现代诗都是晦涩难解吗？现代诗都是偏激荒谬吗？一位批评家的任务，究竟是发掘杰作呢，还是诋毁劣作呢？”如果每一位评诗的人都能这么反躬自问，相信以偏概全和草率从事的评论，必将由以自我修正，而渐为审慎的分析所取代。近年各方对现代诗的严厉攻击，有的确能抉发病弊，切中要害，也有一些显然昧于史实，或欠缺探讨精神，徒逞口舌之快的意气之作。英国大诗人兼批评家颇普就说过：“一人有劣作，十人有谬评。”（Ten censure wrong for one who writes amiss.）谬评和劣作，同样要在文学史上留下斑点的。

然则史观之养成，正可保持“批评之平衡”，而免于矫枉过正之弊。譬如二十年前，纪弦要诗与歌分家，目前诗人又要和作曲家合作。二十年前，诗人反传统唯恐不及，目前要回归传统，竟形而下到把传统的面貌供在诗刊的封面。十多年前，发掘自我曾经是诗的标语，目前呢，认同社会又成为一时的口号。这些，都是极端的二分法在批评上造成的不平衡现象，养成了成熟的史观后，当可渐渐克服。痖弦这几年对于新诗的先驱人物颇下了一番重认的功夫，确有先见之明。如果新生代的有识之士能响应林锋雄的呼吁并接受我的建议，则二十年来的现代诗甚至五十年来的新诗，当渐可呈现史的透视，鉴往知来，对于现代诗的前途，该有见微知著趋吉避凶之功吧。

汉江之滨

——记第二届亚洲文艺研讨会

一九七三年初秋，大韩民国艺术院在汉城召开“第二届亚洲文艺研讨会”。教育部门派我前往，并在会上宣读论文，因此有缘去南山之麓，汉江之滨，做客七日，既览山川之雄，复仰人物之盛。所见所闻，愿择其要，为岛内的文坛报道。

主办这两届研讨会的艺术院（National Academy of Arts），和地位相等的学术院（National Academy of Sciences）同为韩国最高的文化机构。学术院的性质相当于台湾的“中研院”；至于艺术院，台湾还没有类似的组织。一九五二年八月七日，韩国政府根据新颁的“文化维护法”筹组艺术院和学术院的选举团，并通告文艺界与学术界人士向文教部登记。文艺界的人士，经朴钟和、柳致真等六人小组审查后，符合选举人资格者有四百四十三人：其中诗人、散文家、小说家一百零五人；画家、雕塑家一百四十九人；音乐家九十二人；

剧作家、演员九十七人。直到一九五四年三月二十五日，四百多位文艺人士才在全国各地分成十四个选区来选举会员。最后在文教部当众开票，选了二十五位会员，是为艺术院成立之始。

根据“文化维护法”的规定，艺术院的会员不得超过五十人，其中更分两类，一类为定期会员，任期六年；另一类在院方推荐下经总统任命为终身会员。目前艺术院有会员四十九人，除小说家朴钟和与书法家孙在馨分任会长与副会长外，其下更分文学、美术、音乐、戏剧四个委员会。韩国国家艺术学院的任务，第一是发展文艺并改进作家的环境；第二是代表国内与海外的作家，研究文艺发展的重要事项，并向政府提出建议；第三是奖助杰出的作家及文艺团体。艺术院颁发的文艺奖，金额颇高。一九五九年是每名三万韩币，一九六八年增为五十万，自一九七〇年起更高达二百万（相当于二十万台币）。

近年来韩国国势日盛，信心日增，对于国际文化交流，显得很是积极。主办“亚洲文艺研讨会”，便是一个例子。去年主办的第一届研讨会，除了韩国本国的作家之外，应邀参加的外国作家与学者，有中国的艺术家顾献梁，以色列小说家、海发大学文学系主任马蒂·梅基德，日本画家、东京美术大学教授寺田竹雄，泰国建筑家、曼谷艺术学院教授苏梅·贞赛，以及菲律宾的代表瑟席儿·吉多特。

今年召开的第二届研讨会，参加的国家为韩国、中国、菲律宾、印度尼西亚、埃及、西德。日本代表村松强临时因病缺席。会场在汉城东北近郊的基督学馆，风景相当清幽。开幕典礼是在九月二十五日上午十点半。先由艺术院会员、女诗人毛允淑宣布开会，然后由艺术院会长朴钟和致开幕词，继由文教部长官（教育部部长）闵宽植与艺术院会长李丙焘致贺词，最后是梨花女子大学的合唱。前后只一小时，仪式便告结束。

下午的节目是文学与美术，程序排得很紧。原定宣读论文的时间是半小时，程序表上临时竟减为二十分钟。由于日本代表未到，我是文学部门唯一的外宾，所以排我第一位宣读。我的论文是《中国诗的传统与现代》，用英文宣读，本来需要四十分钟。好在第一天夜里，已用红笔划分首要与次要部分，因此可略之处，蜻蜓点水，轻轻掠过，二十五分钟便告结束。

二十四日上午，我乘国泰班机飞汉城，机件临时故障，误点竟达六小时半之久。事后才知道，同一班机去汉城的菲律宾和印度尼西亚代表，和我一样，也曾在松山机场熬了一个下午。因此我在发言之初，借题发挥，说了一通什么“心灵可以不朽，机器有时而穷；传统可以久远，现代因时而异”的理论，一面瞥见菲、印代表在台下向我欣然微笑。我从《诗经》说到唐诗，又从胡适和徐志摩说到七十年代的现代诗，交代了史实和流派，便进入论题核心的探讨。我指出今日在亚洲各国，作家和学者大致可以分为三类：保守派盲目地株守传统，激进派盲目地鄙弃传统，两者表面上相反，实际上却相似，因为两者都把传统看成功德圆满的历史，前人一劳，后人永逸。不同的是，保守派认为，既成历史，当供于庙堂，激进派认为，既成历史，应付诸箕帚。自由派则认为，传统之为物，既不是不朽，也不是已朽，而是血肉之躯，呼吸吐纳，一刻也不能停止。传统既不是保守派眼中的神，也不是激进派眼中的鬼，而是生生不息日新又新的人。神与鬼都是不变的，人却不能不变。穷则变，变则通，通久复穷，循环不已。所谓不朽，绝对不是不变，而是不断在变，却又万变不离其宗。传统要变，是为了求通。激进派变来变去，只是为变而变，并不问为什么要变。表面上看来，自由派好像有点圆滑，最易招致误解。事实上，保守派与激进派只是互不妥协而已，自由派却同时不向保守派与激进派妥协，立场可以说更难坚守。

说到这里，我进一步指出，传统的解释不一，现代的途径各殊，文坛和艺苑的论争，大半肇因于此。保守派和激进派对现代化的看法，正如对传统的看法一样，也是异中有同。保守派认为，现代化就是不要传统，所以是叛逆。激进派也认为，现代化就是不要传统，所以是生机。两者都认为现代与传统是截然相反的东西，更认为，现代化就是西化。自由派则认为，现代与传统不但不必对立，而且可以相激相成；更认为，西化只是现代化的一种途径，但绝对不是终极的目标。对于自由派，现代化的意义不仅在寻找新的表现方式，更在探讨新的表现对象，新的思想、感情、主题，也就是说，新的现实。激进派的错误，在于摭拾了西方的技巧之余，更直接借用了西方的现实，因此孤绝、迷失、荒谬、性变态等都变成了“现代游戏”的塑料道具，追求现代化的结果，仅止于西化。

这一番话顿时吸引了众人的注意，韩国的代表尤有切肤之感，后来他们在讨论的阶段向我提出了好些问题。菲律宾和印度尼西亚的代表，事后也有赞同的表示。我的论点，第二天的韩文报《京乡新闻》《东亚日报》《新亚日报》《中央日报》《韩国日报》等和英文报《韩国先锋报》《韩国时报》均有显著的报道；其中《东亚》与《京乡》的篇幅都在千字以上。那天下午，宣读论文者多达五人，指定发问者也有四人；我首先宣读，在时间上很占便宜，如果宣读时已近尾声，则无论有多精彩，听众不但情绪低沉，甚至已有部分离座了。对于所谓宣读论文，我有一种看法，认为这件事情虽然不同于演讲，但是从头到尾一成不变地照念原稿，终究不免沉闷。何况论文均已英文与韩文对照印妥，听众人手一份，何待细读？因此我的做法，是将要点逐一念出，并稍加发挥，点到为止，再往下读。这样应该可以免于单调，但是却苦了当场韩译的译员。

继我宣读的，是韩国文学批评家李轩求。李轩求是国际笔会韩国分会发起人之一，曾任梨花女子大学教授垂二十年之久，今年已有六十八岁。他的论文《韩国文学的基本气质》是用朝鲜文宣读的①。开始他从地理环境分析韩国民族气质的成因，说明晴好的气候和山阻水隔的半岛地形，造成了韩国人既豪爽又感伤的错综性格。继而他就历史的背景分析韩国文学中那种刚毅、坚忍、悲壮的精神，说明朝鲜在古代，如何历经中国隋、唐、元、清各朝的君临，并且吸收了佛教、儒教、道教的文化，但是到了现代，又如何挣脱儒教的濡染和汉字的浸淫，以求文化的自主，并且推翻日本的统治，以求政治的独立。虽然远在公元一四四六年，李朝的第四代国王世宗

① 1945年起，朝鲜半岛开始分裂。此前文字、民族皆称朝鲜。——编者注

即已创导了朝鲜文的表音字母，便于朝鲜人将自己的口语，按声韵书写出来，虽然远在十七世纪，许筠已经用朝鲜文写出第一部小说《洪吉童传》，可是一连十五个世纪之久，朝鲜的文学作品，仍然有赖中文传写。直到一九一九年三月一日，朝鲜人掀起了壮烈的抗日独立运动，朝鲜的新文学才勃然发轫。那时，止是民国八年，比“五四运动”还早两个月。二次大战结束，苦盼了三十六年的独立，竟尔变成南北对立之局。这便是韩国现代文学的背景。

李氏讲毕，文学部门便进入讨论的阶段。研讨会指定的两位发问人，是延世大学教授、小说家朴荣浚，与《韩国日报》主笔、诗人申石草。可以想见，韩国当代文坛必然也惑于传统与现代之争。也许他们的困局比我们的更为艰苦，因为传统之于他们，半为中国古典，而现代经验之中，更兼有亡国之痛，分裂之苦，与一次小规模的世界战争。两人问了我好几个问题，其中一个是：西化既非亚洲国家现代文学之目标，则亚洲国家现代文学发展的方向为何？我的答复是：传统精神之再认与新生，西方文化之学习与选择，加上民族新现实之探讨与表现。另一个问题是：创导新文学的胡适，对古典文学的态度为何，他推行的运动有何后果？我的答复是：胡适在中国古典的熏陶下入而复出，对于古典，不但识其精华，而且病其糟粕；他反对的，不是古典的生发精神，而是古典的僵化状态，不是诗经、乐府、唐诗、宋词、元曲、明清小说，而是骈文、八股文、律诗（尤其是排律），和李梦阳等的复古运动。在当时暮气沉沉的文坛，胡适的否定确有必要，但一般青年误认胡适否定的是中国文学的全部传统，因而导致了恶性的西化。殊不知胡适的西化乃是西方的人文主义，西方的民主与科学，这和西方波德莱尔以后病态的现代主义，是背道而驰的。到了今天，西化发展既成恶性，我们这一代对于传统、现代化、西化等的态度，必须重新调整，才能恢复平衡。

接下去是美术部门，宣读论文的代表，依次为埃及的国际文化局长兼开罗美国大学教授慕斯塔发·慕尼尔（Mustafa Munir），弘益大学教授、画家张遇圣，和韩国中央博物馆馆长、佛教艺术学者黄寿永。

慕尼尔的论题是《埃及的现代美术》，从穆罕默德·纳吉（Mohamed Nagui, 1883—1956）到艾尔·拉沙斯（El Razzaz 1942—　），他列举了埃及二十六位现代画家和雕塑家，并且指出，埃及的艺术家也在古老的传统和西方的时尚之间挣扎，但是一九五二年推翻法鲁克的革命，在艺术史上具有划时代的影响，因为人、自然、机器，在新的工业社会里，开始以综合的形象出现。慕尼尔在宣读论文的过程中，放映了不少幻灯片作为引证，但是耗时达五十分钟之久，令尚待发言的代表们等得好苦。

张遇圣在他的论文《艺术的传统与现代》里，采取圆通达变的立场，以为株守传统与盲从西洋皆不相宜，截长补短，两相配合，才是生路。韩国艺术院中，美术部门的会员，依韩国人自己的用语，可以分为东洋画、西洋画、书艺、雕刻四类，其中东洋画家四人，西洋画家五人，书艺家二人，雕刻家仅一人。张遇圣是所谓东洋画家。他指出，韩国在日据时代，自己的传统文化几乎中断，输入的西洋文化也经过日本的扭曲。二次大战结束后，美国的文化又喧宾夺主，盛极一时。在这样的环境里，韩国的艺坛要融合传统与西方，谈何容易。张遇圣更指出，韩国艺术的传统源于中国；佛教、儒教、道教，尤其是老庄的哲学，对于韩国艺术的思想，影响至深，流露在笔下的，则为禅、虚、素、拙、朴等气质。值得注意的是，韩国人在儒教中濡染既久，认为“儒教对韩国社会的发展，有其优点，也有其缺点”（见韩国海外公报馆印行的《今日韩国》第一百页）。张遇圣也认为，像金弘道那样的画家，所以能发挥韩国的民族精神，便是由于他不像一般韩国画家满足于临摹中国画谱。

韩国学者对中国文化的态度，往往兼有正反两面：一方面感于涵煦之恩；另一方面又激于自立之志，不愿长屈人下，作文化的藩邦。这种心情我们应该了解，才不致在韩国朋友的面前，出言失态。韩国另一位代表黄寿永，在他的论文《韩国古代美术与佛教》里，表现这种自我肯定的态度，尤为显著。他说，虽然儒教传入韩国要比佛教早四百多年，对韩国艺术的影响，却远不如佛教那么深远且生动。佛教传入韩国，是在公元四世纪末，正值三国时期中叶。这个新宗教，在中国文化因素之外，更带来了印度和中国以西地区的文化因素，但韩国本土的文化已趋成熟，因此轻而易举充分吸收了外来的新教。新罗接受佛教，在三国之中为时最晚，但所受感染却最深远，在统一时期更奉为国教，当其盛时，曾有“寺寺星张，塔塔雁行”之喻。三国末期，约当公元六百年前后，百济与新罗开始建造石塔。佛教在韩国由盛转衰的一千年中（四世纪末迄十四世纪末），石塔之多，为韩国赢得“石塔之国”的雅称。由于石塔坚固耐久，现犹屹立韩国境内者，在千座以上。黄寿永认为，东方奉佛诸国之中，中国以砖塔见长。日本以木塔著称，但无论韩国或外国学者，均谓韩国石塔之风味，为邻近诸国所不及。黄氏的论述似乎有点自相矛盾，因为在《古代美术与佛教》一文的结论中，他又指称，某些外国人士以为韩国艺术不过效颦中国，甚至韩国人士然此说者亦不乏人。可是黄氏认为一种艺术，既在一国产生且继续发展，自然成为该国传统。至于雕刻，尽管大致上是追摹中国，但是进入成熟时期以后，便判然有别了。例如同为崇奉弥勒，在新罗时代却因统一半岛的热望而更形虔诚，且据以诞生结合儒、佛、仙（道）三教的花郎精神。同时，弥勒菩萨的半跏思惟雕像，无论是金铜或是石建，都是韩国传统的杰作。

美术部门的三篇论文宣读如上，接着由雕刻家金景承等韩方艺坛人士提出问题，复经宣读人一一答复，九月二十五日下午的研讨会便告结束。

次日上午十时，音乐部门开始研讨。首先由西德代表西格夫瑞·鲍里斯（Siegfried Borris）宣读《二十世纪西方音乐对音响的新观念》。鲍里斯是柏林大学教授，西德音乐协会会长，作曲甚丰，在柏林音乐学院读书时，做过兴德密特的弟子，现年六十七岁。他在论文里面指出，近十年来，西方现代的音乐研讨，已经转向音乐本质和功能的批评，不再绕着调性、无调性、音列或偶发性等的结构理论兜圈子，一九六五年以后，即使是最高级的作曲技法，也因为缺乏生机而逐渐受人遗弃了。作曲家玩厌了计算机数学和统计学的结构，乃转向不可预知、难以确定、随机而变的创作境界。西方的当代乐坛呈现下列四种现象：第一是所谓艺术音乐与通俗音乐的交融，产生了不少难以分类的新曲式。第二是由于斯塔克豪森（Stockhausen）等前卫作曲家写了许多乐曲，既可供众人冥想或行动，又可任外行人随意发挥，专业与外行之间的鸿沟已经可以跨越。第三是“新音乐”正逐渐打破个人完整“作品”的观念，改向东方的传统汲取静观、通灵、狂悦等的集体形式。第四是东方的作曲家，尤其是日籍与韩籍，运用最新的作曲技巧来表现东方的心境，这种风格，在西方的乐坛已经获得普遍的重视。

鲍里斯教授继又指出，西方音乐家的毛病，在于误认西方的音乐理论是一条“进步的单行道”，具有逻辑上必然的发展。他们依然认为十二音技法、音列音乐、自动结构、电子音乐与即兴音乐等等，是发展现代音乐风格的基本因素。事实上这样子的加速发展只能视为试验，甚或逃避。这种种花招并未彻底改变现代音乐的思想。对于西方的正统音乐，真正的挑战反而是：第一，一八八九年在巴黎的世界博览会上，安曼、爪哇、巴厘等地的音乐对杜步西的启示极深，使他扬弃了奏鸣曲、变奏曲等循理性与辩证发展的典型，而赋音响本身以首要的地位。结果是导致了“气氛的音响”。第二，一九一一年以后，巴尔托克在《蓝胡子的城堡》和史特拉文斯基在《春之祭》

等作品中掀起的表现主义，带来了所谓“野蛮的音响”。第三，爵士乐侵入西方的音乐世界，影响了一九一九年到一九四五年的史特拉文斯基和“创世纪”中的米岳。“爵士的音响”不但左右了音乐创作，而且改变了学校的音乐课程。第四，摇滚乐与热门音乐整个改变了音乐和听众的关系。这种音乐达成了沟通心灵，尤其是年青心灵的新任务，因为这是念咒的音响，密约的音响，抗议、催眠、迷幻、远游的音响。这种音乐的风格，所谓“召唤的音响”，已为演奏会和歌剧所接受，再也不能视为无理取闹或心智萎缩了。第五，布雷士和斯塔克豪森等前卫大师，综合了西方音乐“封闭循环”的原则和东方音乐“开放演变”的观念，在随机应变和层出不穷的即兴之中，创出了“静观的音响”。鲍里斯教授指陈，东方的作曲家对时间的观念，有本质上的区别，因为东方人不像西方人那样，认定时间是行动、历史，或命运的工具。“静观的音响”甚至以爵士乐及摇滚乐的形式出现。西方人迷它，因为它不作理想的启示，更无霸气的自由，只是想从自我的经验里唤起自我的意识而已。

最后，鲍里斯教授指出，国际上甚受西方瞩目的东方作曲家，包括日本的松平赖则、武满彻、黛敏郎、入野义郎，和韩国的尹伊桑。尤其是尹伊桑，已经成为今日德国乐坛的名家。他的《礼乐》《波澜》等曲，他的歌剧和清唱剧《南无》，都赢得听众和批评界的好评。鲍里斯更引中国旅美作曲家周文中的一段话，来支持他对新音乐的见解：“我想借音响来传达中国诗与山水画中蕴蓄的那种情韵，并且用类似诗画的简洁手法来达到这目的。”

鲍里斯的论文在这次的研讨会上并不算最长的一篇；我的摘要不厌其长，是因为这篇论文观点颇新，于东西音乐之比较牵涉亦广，对于中国音乐界当有参考的价值和激励的意味。

下面的一篇论文，是卡西莱格女士（Lucrecia R. Kasilag）的《菲律宾的乐坛》，卡西莱格女士是奠定菲律宾现代音乐的重要作曲家，现任菲律宾大学音乐美术学院院长。她从史的发展把菲律宾的音乐分成传统和现代两个阶段。传统音乐又可以分成本土和西方的两种。在西班牙统治时期（一五六五年至一八九八年）以前，菲律宾的音乐正如缅甸、泰国、马来、印度尼西亚等地的音乐，同属印度马来系统，所用的乐器主要是配合宗教及歌舞的锣鼓和竹制的乐器。西化不及之地，诸如民答那峨和苏禄群岛的伊斯兰教区域，仍然残留这种古乐。到了殖民时期，西班牙的兵士和僧侣更教土著唱圣诗，弹吉他，拉提琴，也输入了和声、对位等西方技法。在音乐和艺术各方面，西班牙的影响之中可以感到墨西哥的成分，因为三百年间，西班牙是经由墨西哥去统治菲律宾的。西班牙的探戈、古巴的哈巴奈拉，法国的华尔兹、里高东等舞曲，对于菲律宾的民间音乐与舞蹈，都有重大的影响。

至于现代音乐，则大多数的作曲家仍低回于肖邦、李斯特等浪漫的传统。轻音乐效法的，是美国的爵士。前卫派不是师承杜步西、史特拉文斯基、巴尔托克、勋伯格，便是追随瓦瑞斯（Edgard Varese）的“具体音乐”，很少有人想到利用东方的乐器和乐理。近年来，菲律宾的作曲家才开始用本土的乐器来配合西方的乐器，把东西方的音响综合起来，并且赋现代音乐以民族的风格。今日菲律宾的乐坛，不但重视本土的音乐传统，对于邻近的东方音乐也着意研究。例如菲律宾大学，便设有亚洲音乐系。一九七一年，亚洲十个国家的代表，更在联合国教科文组织的赞助下，前往马尼拉开会，并组成亚洲文化协会，以促进各国之间的文化交流。

卡西莱格女士读完论文，还将自己作曲的录音带播放了一段，以示她综合菲律宾和西方乐风所用的手法。最后，她又吹奏了一种音韵异常清幽的小口琴，说那是追求女孩时使用的乐器。

下面一篇论文，是国立汉城大学音乐学院院长李惠求的《韩国国乐的传统与现代化》。李惠求是韩国知名的音乐学者，著有《韩国音乐研究》《韩国乐器图录》《韩国音乐序说》等书。他慨叹韩国年青的一代接受的是西方的音乐，对于国乐却十分冷漠。韩国青年一方面认为自己的传统音乐已经落伍，另一方面却欣然聆听欧洲十八世纪的交响乐，实在是崇洋的心理。李惠求指出韩国国乐的现代化颇多困扰。第一，古时奏乐，场地多在私第，聆者不过亲朋；传统的乐器在今日的音乐厅里就显得有点薄弱，如果勉将音量提高，又不免扭曲原来的音色，而且损害音调上微妙的变化。例如十二弦的伽倻琴，假如要增强音响，可以把弦调紧，但是音调的变化也就丧失了。第二，古时的声乐有如行云流水，可以任意延长，并不着意计时；但是今日的广播、电视、电影等等，无不强调计时。国乐要为大众传播所接受，就必须精确计时。第三，国乐多为即兴，不是韵律忽起变化，就是老调反复重弹，效果不能预期，令人难以捉摸，要把握今日的听众，就得约束这种即兴的特质。

不过一般所谓的“国乐现代化”，往往只是国乐的西化，而所谓“西化”往往只是效颦十八、十九世纪的交响乐、奏鸣曲、歌剧，并不涉及格瑞哥利吟唱的单音曲，巴勒斯垂纳合唱的复音音乐和二十世纪的音乐。现代化的另一现象，便是为国乐编曲（arrangement）。结果既不能跳出传统的窠臼，也不能保持传统的精神，沦为驴马两非。例如一首韩国民谣，用和声改写后，充其量只能便于西方听众聆听，尚不得谓之创造。李惠求认为，要复兴韩国的国乐，有两条途径：其一，音乐系的学生应该研究国乐，搜集原始资料，加以考证、分析，并发现其价值。毕业之后，他们应该到中学去教国乐。等到中小学都注重国乐时，大众传播也就不能再忽略本国的音乐传统了。其二，作曲家应该向国乐里去追求新机与灵感。西方的现代作曲家早已挣脱了十九世纪的陈腔，从事新的试验。文化史的经验告诉我们，不少革命，其实是某种程度的师古。流俗视为古董的国乐，一经天才的点化，很可能接通现代的生机，变成前卫的艺术，也未可知。音乐部门的三篇论文宣读完毕，便由国乐艺术学校校长成庆麟、尹伊桑的弟子留德归来的青年作曲家金正吉等，向宣读人提出问题。

下午的节目是戏剧部门。首先由印度尼西亚的代表梭达尔索诺（Soedarsono）宣读他的论文《印度尼西亚戏剧的不朽传统》，梭达尔索诺现年四十岁，是外国代表中最年轻的一位。他是一位舞蹈家，曾在美国和法国表演，现任印度尼西亚国立舞蹈学院院长。梭达尔索诺指出，印度尼西亚古典的戏剧发源于爪哇和巴厘，可以分为傀儡戏和舞剧两大类。爪哇的傀儡剧，可以分为平面皮雕傀儡（土语瓦洋库立）和立体穿衣木偶（土语瓦洋戈列）两种，扮演的故事都脱胎于印度的两大史诗《摩诃婆罗多》与《罗摩衍那》。在巴厘岛上，只有皮制傀儡，没有木偶，但是皮制傀儡也分为夜间的投影戏（瓦洋配灯）和日间的非投影戏（瓦洋立马）。

爪哇的舞剧可以分为四类：第一类假面舞剧可以追溯到十二世纪，为爪哇最古的舞剧，故事内容仍是前述的印度两大史诗，十四世纪以后也演爪哇本地的庞吉传奇。第二类宫廷舞剧，为十八世纪末期岳格耶加达的国王与梭罗的王子所创，对话使用散文，所演也是《摩诃婆罗多》与《罗摩衍那》的故事。第三类舞踊歌剧，在爪哇中部曾有数种，但现存者只有两种，一种纯由少女表演；另一种则纯由男子箕踞而舞。第四类哑舞剧，是二十世纪六十年代的年青编舞家为了便于外国观众欣赏而创设的。舞蹈的风格糅合古典与现代，对话则由手势与面部表情来代替。

在印度尼西亚境内，只有巴厘一岛保存了印度教。巴厘的文化，一方面是印度与爪哇文化的交流；另一方面则是本岛文化的延续。今日巴厘的舞剧共有七类：第一类是最古老的甘步舞剧，用散文的对话演出爪哇传入的故事。第二类是假面舞剧，所演故事，不是印度的史诗，便是爪哇东部的传奇。第三类阿尔佳舞剧始于十七世纪，故事取材兼有庞吉传奇与《罗摩衍那》史诗。第四类是巴龙舞剧。所谓“巴龙”(barong)，乃是神话中的灵祥之物，一种具人形，一种具兽形。最有名的巴龙是“森林之王”(Banaspati Raja)，他的神力藏在胡子里，可以除病辟邪。第五类凯查克舞剧始于二十世纪初年，是以哑舞剧的形式来表演《罗摩衍那》故事。所谓“凯查克”(Kechak)，是由百名以上男子组成的合唱队。哑舞一面进行，合唱队一面伴唱，歌者围成一道道的圆圈，圆心燃着一盏椰子油灯，单纯而又动人。第六类普兰邦舞剧始于二十世纪的四十年代，为古今各体的综合，极具弹性。第七类现代哑舞剧 (Sendratari)，为作曲家兼编舞家贝拉沙 (Wayan Beratha) 一九六五年所创，没有对话，只有动作，故事内容仍取材于印度的史诗。

梭达尔索诺的论文不长。宣读既毕，他放了一些幻灯片，作为例证，最后又表演了好几段印度尼西亚舞剧，赢得满座的掌声，使正襟危坐的研讨会顿时活泼了起来。梭达尔索诺的舞蹈，诙谐之中兼有怪诞，转肘舒腕之际，动作十分灵活。据他自己解释，这种幽默感是从猴子身上悟出来的。卡西莱格女士则认为印度尼西亚舞运腕的方式，接近泰国舞姿，但不像泰国舞那么凝练，矜持。

最后一篇论文，是徐恒锡的《戏剧的传统与现代》，徐恒锡现年七十三岁，曾任韩国戏剧协会理事长，德语与德文学会会长，翻译德文作品颇多，著有《德国与奥地利戏剧研究》等书，并获得西德所颁的歌德奖章 (川端康成也得过)。徐恒锡一开始便说，欧洲传统的戏剧已经成为世界戏剧，当然也已为韩国所接受。欧洲戏剧是在一九一〇年左右，由韩国留日学生李人植、尹白南等自日本输入韩国去的。这种外来的艺术，叫作“新派”“新剧”或“新演剧”，在韩国的剧坛上，无论是欧洲戏剧的韩文译本，或是韩国剧作家的原著，演出历史，前后已有六十年了。其间日据的时期占去了一大半，加上南北分裂与战争，剧运的推展困难重重，但是韩国文坛在西方戏剧的翻译与演出上，仍然做了不少工作。

接着徐恒锡用三页的篇幅追述欧洲戏剧的古典传统，并解释悲剧的意义与亚里士多德的戏剧理论，语多老生常谈，无须复述。之后他又分析韩国的古典戏剧，从扶余的《迎鼓》到马韩的《天君》，从新罗的《黄倡剑舞》和《五伎》到高丽的《献仙桃》和《长竿伎》，为史的演变勾了一个轮廓。他说，东方的古典戏剧，包括中国的平剧，日本的歌舞伎，印度的梵剧，印度尼西亚的巴厘舞剧，和韩国的假面剧、人形剧等，已渐渐受到西方剧坛的注目。西方的戏剧要想打破自己的僵局，别求生机，就必须向东方学习。夏威夷大学的布兰敦教授（James Brandon）在韩国考察过戏剧后，曾经指出东方戏剧有下面四个特点：第一，缺乏故事，不符合亚里士多德的“三一律”，段落之间不相连贯。第二，歌舞、道白、哑剧等不加区分，形成一种综合性的“全能剧场”。第三，举手投足之际，不是写实，而是象征。例如举手遮眉，便是表示拭泪，象征悲哀。第四，抒情重于主知，倾向音乐的感性甚于哲学的理性。布兰敦认为，这些有异于西方戏剧的特质，正可补西方戏剧之不足，而引向新的天地。

两篇戏剧论文宣读完毕，便由东国大学教授李真淳等提出问题。

答辩告一段落，紧接着便举行文学、美术、音乐、戏剧四部门的联合研讨大会，由中央大学教授、名批评家白铁主持。一时发言踊跃，议论四起，形成了大会结束前的高潮。争端之一，是未来的世界文化究竟应趋大同，或者保持各自的特质。有一位韩国学者刚从美国回去，认为进入了工业时代，世界文化自然而然会趋向大同，譬如美国的牛肉饼与可口可乐，简便实惠，自然风行世界，各民族殊无保守传统之必要。此语一出，实时激起众人的反对，纷纷向他提出责难。舌战稍息，主席白铁转向我说："中国是亚洲文化的发祥地，让我们也听听中国代表的意见如何？"我实时讲了一番话，大意和众人最后获致的结论相同。那结论便是：世界大同，应该是同中有异，异中有同。科学的运用，民主的信仰，不妨相同，但是各民族的文化和生活方式，应该保持自己的特质，世界文化才具有健康的丰富性。定于一尊的文化，必然单调而不健康，只能算是制度，不能算是文化。大会的另一个结论是：西化几已淹没了东方各国的传统文化。为了纠正这种缺失，东方各国不但应该维护、再认自己的传统，而且应该加强彼此之间的认识与交流。还有一项趋于一致的看法，便是多年来，东方各国误认现代化就是西化，结果西化不够成功，传统却因此断送。真正的现代化，应该是指传统的再生、新生，以适应民族新的处境，发挥民族新的活力。

两天会期过后，艺术院更招待与会的代表游历韩国东南部新罗的古都庆州。正是初秋季节，盛开的波斯菊为超级公路镶上两道美丽的花边。我们先后瞻仰了花郎庙、佛国寺、石窟庵和新罗历代的王陵。佛国寺中的一宿，古木寒鸦，香火寂寂，一声咳嗽，怕不惊犯了满寺的菩萨。那完整无憾的沉静，令人失眠。回到汉城，许世旭和赵炳华两位诗人更驱车载我登临南山和北汉山。但见汉江两岸，柳色犹青，依依十里，触人乡愁。乃想起喷射机飞越东海上空时，驾驶报告航程，说刚刚过了上海。一句话，撩动人多少联想。不过这一切已经侵入抒情散文的领空，要换一支笔才写得清楚了。

论琼·拜斯

——《听，这一窝夜莺》之一

六十年代美国的青年音乐，始于民歌的复兴，而终于摇滚乐的变质。在短暂而丰收的十年之间，爱好民间音乐的美国青年，经历了一种独特艺术发展的周期：开始的时候，一切充满了希望和朝气，歌手们自己刚从民间来，仍葆有民间的清纯和天真，没有谁是所谓“超级巨星”（superstar），也没有谁把无辜的民歌当作一棵摇钱树。后来，民歌变成了“摇滚民歌”（folk rock），披头的潮流和鲍勃·迪伦的清涧合为一体。一九六五年以后的摇滚乐，渐渐从早期正宗的“硬摇滚”（hard rock）蜕变为摹状迷幻之境的“头摇滚”（head music）和“酸摇滚”（acid rock）。结果是，到了一九六九年，紧接在空前成功的“伍德斯塔克音乐会”（Woodstock Festival）之后，竟发生了“滚石乐队”在加州亚塔门特演奏时四人丧命的悲剧。戴花的一代，带了彩。博爱与自由，沦为暴力与迷乱。摇滚乐落入市侩的掌握，成为经纪人、唱片商等中间剥削者致富的快捷方式，一种新艺术已经丧失了原始的天真。近两年来，声繁色茂，俯仰于迷幻之境的摇滚乐，渐渐有恢复民歌清新之气的倾向，杰姆斯·泰勒一类歌手的崛起，不是没有原因的。

亚塔门特的悲剧，大半要怪“滚石乐队”自己。首先，他们的音乐，狂放、恣纵，本来就是酒神的，甚至魔鬼的音乐，三十万人的超级群众场合，只有煽动之力，难奏安抚之功。其次，领队米克·杰格（Mick Jagger）虚荣心太强，为了过明星之瘾，竟让三十万人鹄候终日，才在熠熠的舞台灯下，很戏剧化地登台；到了那时，群情早已浮躁难安，一触即发了。第三，米克·杰格那一身“超性别”的服装，既欠男性的雄伟，又乏女性的妩媚，更无民歌手淳朴爽朗之气；戴高帽，披花衣，面有烟容的米克·杰格，好像一个变戏法的魔术师，只令人觉得他矫揉造作，花招太多。“亚塔门特音乐会”的现场实况，已经拍成纪录片《给我躲一躲》（*Gimme Shelter*）。披头唱片《让它去》（*Let It Be*）的灌制实况，也拍成了同名的纪录电影。两部片子，我在美国时都看过。相形之下，披头的演奏就自然多了；兰能和麦卡特尼在苹果公司的屋顶露台上，披发当风、鼓琴而歌的气概，该是摇滚乐最动人的一幕。

所谓民歌，不仅是一种歌诵的方式，更是一种信念，一种情操，一种生活态度。最重要的，是江湖的豪气，草野的清新，泥土的稚拙，人性的纯真，而不是枝枝节节，技巧上的小花招。现代的工业文明，把汤姆·琼斯诱进了拉斯维加斯的夜总会，并且把格兰·康波映现在荧光幕上，好处固然是方便万千的听众；缺点则是丧失了江湖上那一股沛然之气。

可是，比起台湾一般的所谓“歌星”来，美国的民歌手，甚至摇滚歌手，仍是淳厚得多。以女性为例，台湾的歌星大半浓于化妆，艳于服饰，不如美国的歌手天然本色，甚且穿着毫无曲线的粗麻布衣，赤脚上台。台湾的歌星大半不善表情，不是失之刻板僵硬，便是失之流盼过度，沦于公式化的商业气息；美国的歌手表情就自如得多，大半神色庄重而不拘谨，活泼而不放荡，很少做出“巧笑倩兮”的塑料媚态来。台湾的歌星大半只会张口，不能动手；美国的歌手大半会弹吉他，甚至会弹钢琴，有才得多。最后，台湾的歌星大半只会照着唱（不管唱得怎么样了）；美国的歌手往往自己写诗、谱曲、配音，退一步说，即使唱的是别人的歌，也往往和原作者唱得不同，有自己独到的韵味。例如金凯罗的《你有个朋友》，由芭芭拉·史翠珊唱来，音域就更阔，变化也更大。

总之，岛内歌星和美国歌手之间的不同，不仅是音乐的高下，也是人的不同。前者的听众，知识比较低下，态度比较轻佻；后者的听众，以大学生为主，对音乐的态度严肃而热诚，对歌者的态度当然也敬重得多。我们很难想象，谁敢去跟琼·拜斯开玩笑。我想选下列几位代表性的女歌手，介绍给读者：

琼·拜斯（Joan Baez）

久迪·柯玲丝（Judy Collins）

琼尼·米巧（Joni Mitchell）

洛娜·奈罗（Laura Nyro）

金凯罗（Carole King）

艾莉莎·富兰克林（Aretha Franklin）

琼·拜斯在美国新音乐的地位，十分显赫，但不太稳定。显赫，当然是够显赫了。早从一九五九年的“新港民歌节”（Newport Folksong Festival）起，十三年来，她一直是大报刊最为注意的音乐家之一：她在新港初试新声，一鸣惊人，立刻引起《纽约时报》的注意；一九六二年十一月二十三日，《时代》周刊更用她做封面人物，称她作“弹吉他的女先知”。琼·拜斯在政治上是一个颇为激进的人物，她的歌声不但为音乐，也为她信奉的社会思想服务。她本身就具有少数民族的血统，在黑人争取民权的运动中，她更是知名的斗士之一；一九六六年在密苏里州的格兰纳达，是她，牵了黑人女孩的手，去上白人的学校。在美国大学生的心目中，她不但是民歌的第一位女歌手，也是青年运动的领袖。在“伍德斯塔克音乐会”上，她是待遇最高的歌手：演唱一次，酬金二万五千美元，超出其他歌手很多。

可是她的地位，我认为并不很稳固。琼·拜斯的名字，常与葛世瑞（Woody Guthrie）、席格（Pete Seeger）、鲍勃·迪伦（Bob Dylan）诸人相提并论，成为美国民歌复兴的功臣之一。上述四人在民歌史上往往并列在一起，是因为他们不但把民歌当作一种严肃的艺术，更当作不平之鸣的大众心声，成为一种抗议的方式。不过，其他三位都是著作等身的作曲家；葛世瑞晚年缠绵病榻，席格的唱片从未列过畅销名单，可是两人都是美国新民歌的重要先驱，鲍勃·迪伦更是左右一代乐风并且形成文化气候的核心人物。琼·拜斯则不同。她是一个述而不作的天才，她诠释的大半是别人的作品。她偶尔也写歌，只是产量很少，也不见得怎么出色。她的回顾唱片集《第一个十年》(*The First 10 Years*)，二十三首歌中，只有一首是她自己的作品。

琼·拜斯今年三十一岁。从西方女性美的传统角度来看，她并不美。可是她的脸有个性，有表情，有神秘感。飘飘披肩的黑发，常常遮住杏形的脸庞，但遮不住深黄玉色的眸子炯炯的眼神。颧骨相当高，眼眶相当凹，鼻子挺直，修长而微微隆起，加上丰厚的嘴唇那种难以妥协的线条，这一切，给人一种鹰的感觉。一切都是长长的，身材，头发，脸，鼻，手臂和腿，凝神的注视，和悠悠的歌声，没有一样不长，没有一样不自由而狂放，带一股印第安或吉卜赛的野味。她不化妆，身材虽然宜于舞蹈，也不愿为曲线而穿衣，早年出现在台上，往往只是一套毛衣粗裙，不然就是带点东方风味的粗麻布装。

琼·拜斯的家庭背景相当特殊。一九四一年一月九日，她出生在纽约的斯塔腾岛。她的母亲是英国和苏格兰的混血种，外祖父是圣公会的牧师，还做过戏剧教授。她的父亲是墨西哥人，七岁便迁去纽约，后来成为物理学家，先后在洛杉矶、布法罗、波士顿、巴格达各地大学工作，还在巴黎担任过联合国教科文组织的顾问。这样的家庭本就富于文化的气息，照说琼·拜斯和她的两个妹妹应该有个快乐的童年，可是橄榄肤色泄露了她们异族的血统，使她们见外于白人的社会。先是邻居有一个老头子叫她们做“黑小子”，她们回敬他“老妖怪”。后来在加州，学校里白人的孩子也不跟墨西哥种的孩子来往。琼·拜斯很伤心，她的个性竟由爽朗转趋阴郁。十三岁生日的那一天，她对母亲说：“妈咪，我不要长大。”这句话她说了好几年。长大后，琼·拜斯那样热心赞助黑人的民权运动，不是没有原因的。

她在帕罗·奥托上高中，常常光脚走去学校，音乐老是拿A，生物老是不及格，读书非常任性。她在西尔斯·罗伯克百货公司买了一把起码的吉他，便参加了学校的合唱队，可是家里唱机上放的，还是巴赫、莫扎特、威尔第。

高中毕业后，琼·拜斯家迁去东岸的文化古城波士顿。她的父亲在哈佛和麻省理工学院教书，她呢，只在波士顿大学读了一个月的戏剧，就没有再读任何大学。一天晚上，艾尔·拜斯博士带了他的三个女儿，去“磨咖啡的人”听业余的民歌手唱民歌，弹吉他。不久，琼·拜斯就在那里唱起歌来，渐渐地，她活动的范围扩展到哈佛广场一带的咖啡馆。那一带地区可以叫作“地下哈佛”，出没其间的，大半是一些冒充哈佛学生而实际上只是跟进跟出偶尔旁听的江湖少年，牛仔裤里插几本《企鹅丛书》罢了。她的听众里，当然也有哈佛的正式生和一般市民；这些人渐渐增多，终于把那批游学少年挤走。即使在那时候，琼·拜斯对听众的态度，也已冷峻不可侵犯，台下有谁要她唱歌，往往疾言厉色以对。后来有人解释，说当时她那种一反传统的台风，其实是在掩饰心虚，因为她能唱的歌实在有限，哪里经得起一点再点。她并没有学过什么声乐，更没有好好研究过什么民歌、民俗，只晓得就地取材，把周围朋友所懂的一套全部吸收过来，就那么滚雪球似的把自己滚大。

终于在一九五九年的夏天，在第一次的“新港民歌节”中，名歌者鲍勃·吉布森（Bob Gibson）从听众里面挑她上台去合唱。她那清冷滑溜的歌咏才一启齿，一万三千个听众立刻惊喜莫名，完全给迷住了。她立刻成为各唱片公司“才探”猎捕的对象。哥伦比亚的代表问她：“你要不要见见米奇，娃娃？”

“谁是米奇？”她问道。

结果她跟“前卫”（Vanguard）公司签了合同。一直到现在，她的唱片还由“前卫”代理。成名后，琼·拜斯定居在加州太平洋岸的卡美尔一带。成名，并没有改变她的气质和生活方式，除了购买一辆有活动单人座位的“花豹”跑车（Jaguar XKE），在沙漠里疾驶以外，她的生活一直自由而淳朴，衣着尤其简单，随便。她每年把应缴的所得税扣下百分之六十，因为她认为那一部分是国防预算。美国税务局当然不答应，结果是没收了她的跑车、房屋，并冻结她的存款，最后，连存款也充了公。琼·拜斯改革社会的热忱，往往超过她对音乐的兴趣。她经常支持并参加各项民权及和平运动，并热心争取黑人的平等机会。在得州的一次音乐会上，她忽然停止歌唱，对听众说，她很高兴看到一些有色人种能在场参加。台下听众报以掌声和欢呼。她的丈夫戴维·哈瑞斯（David Harris）也是和平运动的领导人物，曾遭监禁，终被释放。

琼·拜斯有两个妹妹，叫作宝琳（Pauline）和咪咪（Mimi）。三姐妹中，咪咪最小，也最美，开朗柔丽，有如晴爽的夏日。咪咪的丈夫法瑞尼雅（Richard Fariña）是摇滚乐和新文化运动最多才的作家之一。爱尔兰和古巴的血统，使他大胆而英俊；鲍勃·迪伦还没有出现之前，他已经出没于格林尼治村的民谣世界。遇见咪咪之后，两人便常在民谣节中合唱，有时琼也参加合唱。像法瑞尼雅那样又能写诗，又能谱歌，还会演唱的全才，在摇滚乐运动的早期，是很罕见的。他一共出了两张唱片：《庆祝灰色的一天》和《水晶风里的倒影》。其中一首《收拾你的悲哀》是他的代表作，先后有江尼·凯希夫妇、彼得·保罗和玛丽、久迪·柯玲丝、琼·拜斯为之录音，早已成为古典作品了。他的小说《落魄到尽头反而像腾达》（*Been Down So Long It Looks Like Up to Me*）一九六六年年初出版。就在出书之日，也就是咪咪二十一岁生日前夕，大家聚会纪念双庆。会中，法瑞尼雅驾了他的电单车上街，失事而死。

至于琼·拜斯和鲍勃·迪伦之间的私交，则已成为摇滚乐史令人注目的一章了。琼·拜斯成名早于迪伦，早年她对迪伦很是提携。他们在“蒙特瑞民歌节”中相识。一九六三年夏天，他们在“新港民歌节”中合作演唱，成为历史。在录制唱片或单独演唱时，琼·拜斯经常介绍迪伦的作品，成为迪伦最热忱的诠释者。两人虽然是齐名的好朋友，可是在艺术和思想上，也有很多相异之处。第一，在演唱的天赋上，琼·拜斯的音色、音域和旋律的控制，都好得不能再好；但纯以技巧而言，迪伦恐怕是一切歌手中最弱的一位。第二，琼·拜斯在音乐思想上是一位保守的古典主义者；迪伦则是融合民歌和摇滚，在风格和技巧上不断求变的核心人物。琼·拜斯是诠释者；迪伦是创造者。同样是民歌手出身，迪伦敢于吸收摇滚乐，造成了一九六五年“摇滚民歌”的潮流；琼·拜斯则始终没有由衷接受摇滚乐。一九六六年，受了迪伦的感染，在妹夫法瑞尼雅的监制下，她曾经灌了一张使用电吉他的摇滚歌集，可是后来改变了主意，不肯让它发行。第三，琼·拜斯的艺术观接近托尔斯泰和甘地，认为一切艺术应以趋向真理与善为原则。我们不要忘了，她的祖父和外祖父都是牧师。早年她和迪伦在台上唱的，大半是抗议的歌，后来迪伦放弃了抗议歌，回到民谣和南方纳许维尔的传统，风格一再蜕变，可是琼·拜斯十年来一直不曾离开抗议的阵营。

一九六六年九月五日，在电话中接受记者访问时，她曾经说，当日所以不肯出那张大乐队伴奏的摇滚唱片，是因为她相信甘地所说：为艺术而艺术，虽然没有什么不好，但是不能寻求真理。她说，那张唱片的毛病不是作假或说谎，而是没有意义，所以她改灌了一张圣诞歌集，背景音乐则一律改成巴洛克时代的古典乐器。她在电话里对记者说：“那些摇滚歌曲也不一定就不真实，可是甘地说过，艺术应该‘提高’心境。摇滚乐并不能提高我的心境；圣诞歌曲呢，只要安排得好，倒‘真能’提高我的心境。”

接着记者又问她对于迪伦的新唱片（一九六五年八月的《重游六十一号公路》和一九六六年五月的《金发迭金发》）有什么看法。她说，音乐很美，可是也很“伤人”，只有她心情很坏的时候才听得进去。她又说，到某种限度为止，她跟迪伦的看法没有什么不同，两人都认为一切事情都荒唐极了，简直不可理喻；不过她认为总不能轻言放弃，见死不救，见饥不赈，迪伦却说“管他娘”。她不胜感慨地说：“他真是个音乐天才，听他的歌好美，可惜太沮丧了。我是说，拿出像《任谁都必须飘然》的歌来，那不简直是在帮倒忙吗。我是说，太伤人了一点。”琼·拜斯曾经对法瑞尼雅说：“我不喜欢在歌里出现‘炸弹’这种字眼。”在台上合唱的时候，她跟迪伦虽然大声疾呼，反对核子战争；两人单独谈天的时候，却宁可闲调琴弦，配一曲摇滚歌，或是谈谈电影。

琼·拜斯成名之后，为自己订下一条守则：每年只灌一张唱片。从一九六〇年到一九七二年，她一共出版了十三张唱片。其中一九六六年的《圣诞节》（*Noel*）便是那张摇滚乐曲的替身，里面全是圣诞名曲，甚至包括舒伯特的《圣母颂》。一九六八年的《洗礼——时代的巡礼》（*Baptism-a Journey through Our Time*）只是一张吟诵诗集，包括惠特曼、康明思、布莱克、洛尔卡、欧文、乔伊斯，甚至中国和日本的诗作，可说附庸风雅，不甚动人。一九六九年的《日子已到》（*Any Day Now*）所唱皆为鲍勃·迪伦的作品；显然，她挑选的，都不是迪伦中期（一九六五年至一九六七年）那种绝望而伤人之作。以我个人而言，还是比较喜欢她早期的唱片，尤其是一九六一年和一九六二年那两张。

琼·拜斯录唱的作品在百首以上，表面上缤缤纷纷，事实上大半是民歌。早期她唱的多半是古典民谣，一九六三年以后才渐渐注意到现代的民歌。她唱的歌大致上可以分成下列六种：（一）抒情民谣：这类歌是民谣中抒情多于叙事的作品，有的来自古英国，例如《河之广矣》（*The Water Is Wide*）；有的来自美国本土，例如《小马夫》（*Wagoner's Lad*）。（二）古典民谣：十九世纪末年，哈佛大学教授蔡尔德（Francis James Child）出版的五大卷《英格兰与苏格兰民谣集》，早已成为美国民俗学家和民歌手众所崇奉的经典。其中有不少首传至新大陆后，歌词屡加改窜，已经成为美国各州民俗的一部分了。《英格兰与苏格兰民谣集》共收古民谣三百零五篇，恰与中国《诗经》篇数相同，真是可喜的巧合。琼·拜斯常唱的《芭芭拉·艾伦》（*Barbara Allen*）和《玛丽·汉米尔顿》（*Mary Hamilton*）等便属于这一类。（三）宽边民谣（broadside ballads）：这类民谣往往印在单张歌谱上，横阔竖短，只印一面，由街头歌者或江湖艺人在市集上向人兜售，每张只卖几分钱。这些歌往往是录事文人糊口之作，品质逊于正宗的古典民谣，但流传既广，众口交吟，也有脱胎换骨，去芜存菁，终成隽品的。《约翰·莱利》（*John Riley*）和《银匕首》（*Silver Dagger*）都是有名的例子。（四）美国歌谣：这些都是美国土生土长的民谣，有的是抒情歌，有的是叙事歌，有的咏叹爱情，有的述说牛仔和浪子，有的甚至描写怎样酿制私酒，形形色色，总不外典型的美国民间生活。《长长的黑面纱》（*Long Black Veil*）和《铜壶》

（*Copper Kettle*）是我最喜欢的两首。（五）宗教民谣：包括赞美诗、催眠曲和灵歌。所咏所叹，大半是黑人，一个被奴役的少数民族，内心的悲苦和希望，感受真挚而又深厚。这些歌谣本来是美国黑人的遗产，也有流传去西印度群岛后再倒输回来的；《我一切的苦难》（*All My Trials*）和《来吧吾主》（*Kumbaya*）都是实例。（六）现代民谣：所谓民谣，可能是民间的集体创作，年湮代远，口口相授，已经难以追溯当初的起源；也可能是真正的音乐家有心之作，由于引起了广大的共鸣，遂在江湖上流传开来，成为新的民歌。像芮诺兹（Malvina Reynolds）描写原子弹爆炸的《他们把雨污染成那样》（*What Have They Done to the Rain*）和席康达（Sholom Secunda）的犹太民歌《唐娜・唐娜》（*Donna Donna*），都是琼・拜斯早期爱唱的新民谣。至于她后期常唱的一些现代歌曲，像披头士的《哀莉娜・丽格碧》，法瑞尼雅的《伯明安的星期日》，和鲍勃・迪伦的许许多多名歌，为方便计，也可以归在这一类。

肯尼迪遇刺前不久，副总统约翰逊曾打电报给琼・拜斯，邀她去白宫为肯尼迪演唱。达拉斯悲剧之后，琼・拜斯再度接受约翰逊的邀请，这一次是在民主党的募款会上为新总统约翰逊表演。琼・拜斯屡次被各大刊物选为美国妇女界或年轻一代的代表人物，她的艺术地位究竟怎样呢？

她的歌声之美是无法形容的。直到一九六六年的夏天，我才听到她的民歌。最早听到的，是《俄亥俄河畔》和《城有十二门》；那样的歌音，我的耳朵一时不能相信，可是，喜悦的泪说，它相信了。

《时代》周刊说："她的歌声清澈透明如秋天的空气，一种激荡、坚强，美妙天成，撼人心弦的女高音。"

琼·拜斯音色纯，音域广，对旋律极有控制。她的音色十分清纯，干净，不带一点杂质，柔美之中有令人快慰的鼻音，听来像一个年轻的母亲。她的咬字又清又准。她的音域很阔，低到极处仍然一丝相牵，清晰入耳，忽然拔高上去，再上去，到了响遏行云的程度，她的声音仍然保持圆浑和饱满，沛然盈耳，令人无憾。在天赋上，六十年代的民歌手几乎没有人可以与其媲美。

可惜成名以后，琼·拜斯的注意力分散在太多的社会活动上，没有在音乐上充分琢磨自己。虽然她有"一年一片"的可贵自律，可是她吟唱的风格很少变化，十年如一日，令人听了一张有如听了全部之感。她的歌声虽美，可是发展不多，总是那么柔丽优雅，从容不迫，而结句总是那么舒缓，曼长，曳着一串颤音。听多了，你会觉得她的歌太甜太腻，本质上，她是传统而感伤的。她是一个"性格歌手"，民谣也好，灵歌也好，赛门（Paul Simon）或迪伦的歌曲也好，由她唱来，都成了琼·拜斯自己，慢慢地，幽幽柔柔地。在器乐方面，她的吉他并不出色，也不会钢琴；这一点，输给了好些女歌手。

在摇滚乐史上，她是一个边缘人物。她一直不肯接受摇滚乐，甘于较为单纯的配乐伴奏；近两年来她才改变主意，接受了电吉他和摇滚乐队，可是这一切和她那曼长柔美的歌咏，似乎不很调和。她的节奏"摇滚"不起来，她是白人之中最不学黑人的一位。

回到她民歌的本行呢，她不是席格那样的民歌大师，也无意研究民俗的种种，更无意维护民歌的纯正风味。接见记者的时候，她宁可谈论甘地、民权，和她创办的“反暴力学校”，而不愿谈论民歌。她的歌声太精致，太高雅，略失民歌那种朴拙天真之味。可以说，她把民歌唱得有几分像古典的艺术歌，难怪一般人容易喜欢。可是，正宗民歌的忠实信徒，却嫌她不够地道，认为她“出卖”了民歌的传统。有一次，正宗民谣的名歌手欧英斯（Buck Owens）在旧金山附近举行民谣演唱会，听众情绪非常热烈。在休息期间，报幕人宣布：“美国最伟大的民歌手——琼·拜斯小姐，也在听众席上。”听众的反应是：嘘声盖过了掌声。

琼·拜斯的听众，还是知识青年，尤其是刚入民歌之门的大中学生。她从古典民谣进入了抗议歌后，就再也出不来了。她把太多的精力放在抗议上面，乃有抗议日多歌日少的趋势。在美国新音乐运动史上，她的声名非常显赫，但地位并不那么巩固。她述而不作，只是一个诠释者。她使美国民歌普及于大学生之间，但没有像鲍勃·迪伦那样，为它增加了许多生命。

论久迪·柯玲丝

——《听，这一窝夜莺》之二

车到红石剧场，距离音乐会开始还有半小时。山顶的红土停车场早已客满，后来的听众只好把车停在道旁，顺着山势而下，首尾相接，蜿蜿蜒蜒，怕不有半英里长。依着警察的手势，停好车子，尾随人潮，攀上好几百级石阶。眼前豁然开朗。富于几何美的几十排大圆弧，在垂直切开遥相对峙的两块巍巍赤壁之间，梯田似的扩展开来，看得人驰目动心。晚霞映在面西的岩壁上，赤上加红，浮光非常晃眼。赤壁下，一万四千座位的半圆形剧场，全坐满了人。

我手里握着四元买来的入场券，找不到空位，只好在过道的石阶上找一角坐下。再晚几分钟，连石阶也要满座了。这才发现，两侧的岩石上，高高低低，竟也栖了三两百人。远远近近，坐的全是年轻人，褐发、红发、金发、银发，直者如泻，曲者如波，随着他们的俯仰转侧而起伏飘摇，万头攒动，发潮发潮。虽是仲夏季节，夕阳一落，海拔七千英尺的高处，山风吹来，仍会两臂生寒，入夜更冷得人坐立不安。好多青年学生，索性带了毛毯来，准备冷时半垫半披。距离开场还有十几分钟，好些怀抱吉他的学生，心焦加上手痒，便调琴弄弦，拂动起来，然后有一句没一句地哼着，此起彼落，遥相呼应。究竟不是职业歌者，挥手一琤瑽，引颈数吟哦，怯怯启唇，草草收场，只赢得零零落落的掌声。这便是美国的大学生，新浪漫主义的信徒，文明的蛮族，二十世纪卧听赛伦歌声的食莲人。行吟江湖的民歌手，是他们的奥尔菲厄斯和缪斯，也是向他们传神谕的先知。哪一个披发的女孩不想做琼·拜斯？哪一个抱琴的男孩不想学鲍勃·迪伦？

八时十分，圆锥形的灯光扑向梯田下面的剧台，白衣的女歌手出现在柔蓝的光中。掌声四起，被两边的岩壁反震得分外热烈。她开口了。她说，回到丹佛来，好高兴好高兴。又说，昨夜在洛杉矶演唱，如何如何。两三分钟的开场白，从尼克松说到马丁·路德·金说到琼·拜斯和她在狱中的丈夫。她第一首唱的便是拜斯所作《戴维之歌》。唱片上的歌声，忽然还原为棕发飘飘白衣翩翩的血肉之躯，那是怎样的一种感觉？她的长发垂到肩头，白衣一直罩到脚踝，背着的吉他抱在胸前，一边唱，一边缓缓摇摆，摆得头发和衣裳翼然而舞，同时不断地移动两脚，前后踏步。她是风，一万四千听众是青秧，在风中欣然摇晃。她的胸脯很宽博，富于母性。脸上的一切，包括笑容，都宽宽大大的，就像她的歌声，就像所有的民歌。颧骨阔而高，眉毛直而长，鼻梁高而挺，下面的嘴很阔很薄。眼睛又大又蓝，蓝得虚虚幻幻，很像传说中传说的那样，令人心慌，灯光反射在上面，很像宝石，与其说可爱，不如说可疑，哎，可怕。要我在夜里独自守住这么一对瞳仁，碧粼粼的暗里闪光，我是不敢。虽然带点男性的豪爽，她仍不失为一个美妇人。

那一晚她唱了好些歌。有的我以前没有听过，有的，我现在忘了。只记得，她唱了披头的《我这一生》，鲍勃·迪伦的《货鼓郎》和《明天是段长时间》，也唱了披特·席格的《哦，愿我有条金丝线》。她特别提起加拿大诗人柯恩（Leonard Cohen），并且唱了他两首歌，只记得其中一首是《嘿，不能那样说再见》。

她一面唱，一面自己弹吉他伴奏，有时也坐下来弹钢琴。大半的时间，她自己带来的小小乐队在背后为她伴奏。到了半场休息的时候，她转过身去，一一介绍那些队员。钢琴手是迈可·沙尔，低音大提琴手是金·泰勒，鼓手是苏珊·艾凡思，第二吉他手是艾立克·魏斯伯格。山风渐凉，几面联邦旗在风中拍动，应和着她翩跹的白衣。丹佛市的灯火在山下在远方闪动，此明彼灭，像一盘细碎的七彩宝石。不晓得是哪里在下雨，闷雷打在空山里，滚起隆隆的回声，余音蜿蜿不绝。

十点钟，音乐会结束。听众潮涌下山，有的背着吉他，有的披着毛毯，有的拥着自己的女朋友、男朋友。到处是汽车发动的声音。我在一对拇指朝下作势拦车的青年身边，停下车来。他们的车发不动了，要搭便车回城。坐上车来，才发现那女孩是我教的寺钟学院的学生，男孩则是一个退学生。不久，我们便上了四号的高速公路。

旋上车窗，加足油门，时速针猛然指到七十，我们向丹佛俯冲下去。

那是一九七〇年八月一日。久迪·柯玲丝的歌声没有催眠，反而使我兴奋了大半夜，很迟才睡。

美国的民歌手中，久迪·柯玲丝特别令我感到亲切，因为第一，一九七〇年年初，我初听她的唱片时，正值我三度赴美，一个人高悬在落基山上，她的歌给了我很大的安慰；第二，我三度赴美，在丹佛山隐了两年，对所谓“西部”的民俗，稍有领略，久迪·柯玲丝原是丹佛人，她唱的美国民谣，亦多讽咏西部事物。她早年行踪所至，像波德和中央城等等，都是我熟极的地方。爱屋及乌，爱乌及屋。不，她不是乌，她属于那一窝好好听的夜莺。

一九四〇年五月一日，久迪·柯玲丝生在丹佛。她是大姐，下面还有三个弟弟、一个妹妹。她的爸爸是个盲人，四岁便患了绿内障，昼夜皆是一色，因此终身苦于失眠。可以理解的，这样的病人脾气好不了。久迪小时候不乖，她爸爸常用发刷打她。十一岁那年，她跟爸爸顶嘴，欺爸爸看不见，向他吐舌头扮鬼脸，不巧正给妈妈撞见，给妈妈打了一顿。不过久迪很爱她的爸爸，倒是真的。她的自传，第一句就提到爸爸，虽然自传与歌谱是献给妈妈，提到妈妈的时候反少得多。不晓得是不是爸爸的残缺和盲人孤独的世界，赢得女儿更多的同情？一九六九年五月十二日《生活》双周刊发表的久迪·柯玲丝访问记中，她也一再怀念刚刚病故的爸爸。她为他写了一首歌，就叫《我的父亲》。其中一句：“色彩从我父亲的梦中消失”，指的就是他的绿内障。

久迪小时候，还有幸见到曾祖父和曾祖母，并且常去他们的农场游玩。她三四岁的时候，妈妈常常驾车载爸爸去各中学表演——演奏、诵诗、说故事。爸爸戏称那一套为“走江湖卖膏药”（medicine show）。小小的久迪就跪在她家别克车的后座，饱览蒙坦纳、埃达和、奥立岗、华盛顿和内瓦达的森林、旷野和沙漠。这种浪游四方的家庭背景，对久迪日后民歌性格的塑造，不无影响。

另一件事情恐怕影响更大，也更直接。十岁那年，家里送她去女钢琴家安东妮亚·布丽珂博士（Dr. Antonia Brico）那里学琴。布丽珂博士年事虽高，但仪容秀雅，举止端庄，令人想见年青时充盈的韵致和古典美。年轻时，她曾跟西比留斯学过指挥；后来在大师八十二岁诞辰的庆祝会上，指挥过他的芬兰交响乐队。哲人史怀哲是她的好友，每年夏天她都要去非洲看他，在他的流动医院里和他合奏巴赫。久迪老把她跟挪威作曲家格里格（Edvard Grieg）联想在一起，叫她作 Dr. Grico。她跟布丽珂博士学肖邦、贝多芬、莫扎特，常常忘了舒曼的段落，或是弹坏了巴赫，对这位气派十足的老师异常敬畏。

从十四岁起，久迪开始对民歌感兴趣。她在落基山上的木屋里，和一些年青的朋友唱起民歌来。他们教会了她好些歌，特别是民歌之父葛世瑞的作品。她开始喜欢爱尔兰和英格兰的古代民谣、西部歌曲，以及早期移民的歌。

高中毕业后，她做了一年事，然后接受了伊利诺伊州一家学院的奖金，去中西部读了一学期，然后便像琼·拜斯和无数年青人一样，休了学，回到丹佛。不久她便和以前中学的同学彼得结婚，这时她才十八岁。那年夏天，他们在高峻而荒僻的落基山国立公园里，为人管理避暑的山居木屋，住在靠近“森林线”的湖区，远出红尘之上，像一对仙人。只是仙人不怀孕，而十八岁的新娘怀起孕来。他们回到人间，在波德（Boulder）租了人家公寓的地下室，住定下来。彼得进了当地的科罗拉多州立大学，久迪也在校中选了一课打字。一九五九年一月，他们的男孩克拉克出生，经过二十八小时的难产，医生用钳子把婴孩钳了出来。

但是年青的母亲，不久就在波德做起职业歌手来了。先是在镇上的“迈可酒店”，向饮啤酒的大学生弹唱民歌，等到声名渐起，便转到附近观光胜地的中央城（Central City），穿上紧身衣，尖头鞋，披上红缎衫，唱给旅客们听。至于酬金，也从开始的每周百元加到每周一百二十五元。这时正是一九五九年的夏天，久迪才十九岁。中央城在十九世纪中叶，曾是淘金人汇集之地，歌舞繁华，盛极一时，现在金尽人散，废矿荒凉，中央城也已成为供人凭吊的鬼镇了。我在丹佛时，去过那里好几次。

如是过了一年，芝加哥有名的“号角门”请久迪去演唱，她便和丈夫彼得带了克拉克搬去芝城的南区。她和民歌名手吉布森（Bob Gibson）和康普（Hamilton Camp）一起演唱，更加受人注意。不久他们又迁去东岸的康涅狄格州，住在大牧场旁边的一座红砖屋里。这时久迪·柯玲丝名气远播，经常应邀去各地演唱，不时开车去附近的波士顿，有时更远去纽约、芝加哥、丹佛，甚至乘长途火车越过加拿大。这么经常在外奔波，家里的事自然就难兼顾。结婚后三年多，久迪一直感到做主妇和做歌手之间的矛盾。一方面，她乐于享受安详而舒适的家居生活。宁静的永夜，她的丈夫读书迟睡，她就陪着烘饼，念念诗。有时她也跟邻家的太太学织地毡，并且相偕去秋天的树林里，捡拾干松果和榛实一类的东西，串成好闻又好看的项圈。另一方面，音乐对她的呼声更强；民歌的旋律，江湖的自由，歌手之间的相知和广大人群的狂热反应，令她更加向往。久而久之，回到家里，反而和丈夫相对无言，隔膜日深。一九六二年秋天，久迪离开了丈夫。

这时久迪刚刚在卡内基厅举行过首次演奏会，可是此后数年，她的情绪一直不得平衡，身体也欠佳。她发现自己患了肺病，先是在平沙万里的土桑接受医治，后来又转去丹佛国立犹太医院，足足疗养了一个冬天。出院后，她便带着一百瓶丸药，迁去纽约定居。

一九六四年夏天，久迪·柯玲丝跟一些民歌手南下密西西比州，去黑白冲突正达高潮的德庐镇演唱，支持被压迫的黑人，并宣扬民权运动。有一次，她应邀去科罗拉多的大站城（Grand Junction）演唱，由于心境不宁，情绪过分低落，竟在演唱会开始之前，搭飞机回纽约。心理治疗医师发现她惶惶恓恓，欠缺安全感的原因，是她不但离开了丈夫，而且失去了儿子，无根可托，无情可寄。

原来她和丈夫离婚后，双方争夺儿子抚养权，康涅狄格州的法院，以她远居纽约，不住本州，而且接受心理治疗有欠正常为由，判由父亲抚养。久迪遭受这个打击，很是灰心，只有利用暑期和圣诞假期和孩子相聚，不然就是写信，打长途电话。这种情形拖了五年。一九六七年年底，克拉克告诉他父亲，说宁愿跟母亲住在一起，从此他就回到久迪的身边。

到了六十年代末期，经过十年的辛酸、失意、挫折，久迪·柯玲丝的才华才充分受人赏识，从琼·拜斯的影子里跳出来，成为一颗所谓“超级明星”。世人只见她目前的光芒，只见她时而在纽约的中央公园演奏，时而远征英国、波兰、苏联，甚至东来亚洲和澳洲，平均每个月要举行十次以上的音乐会，但是大家都忽略了她早期辛苦奋斗的情形。在芝加哥“号角门”演唱的时候，她往往要到清晨三点才回到旅馆，独自悚然走一段夜路。常常，在登台以前，她感到非常紧张，可是一上了台，面对万千听众，反而感到沟通有方，又泰然自若了。她对《生活》双周刊的记者说：“我想，要是换了我年轻的时候，出一张畅销唱片也许会令我更加迷失。可是对于我，这只是十年努力的成果罢了。你付出去的代价是大得不可相信的那些夜总会，那些演唱会，那些夜半更深，那么多次孤寂的归途。你想到那一切音乐，那一切变化……音乐会上听众的反应，我毫不怀疑。可是在你畅销百万张唱片的时候，究竟是什么引起大众那样的反应，就变得很费解了。这时大众反应的对象，是你庞大的形象，你那个尽人皆知的形象。”一个艺术家成名后，就形成一个神话，不再具有现实感了。据说美国东部有五六个女孩子一直追踪她的旅行演唱，每会必到，散场后一定送她一根绿色的棒棒糖，圣诞节，就送她一打。有一次她在加州演唱，一盏火热的舞台灯松落下来，掌灯的人竟然把它顶住，等她唱完一曲才呼救。

“她唱的时候，我并不觉得烧痛。”那职员说。

论到久迪·柯玲丝的艺术，自然而然，就会拿她和琼·拜斯对比。久迪和琼只差一岁。两人初试啼声，都在一九五九年。两人都有一位诗人兼作曲家的男友，都热心社会改革的运动，当初，也都是才进大学不久就退学出来去闯荡江湖的女孩子；比较，是不可避免的。

两人有这么多相似之点，拜斯却很早就成名，而且光芒盖过柯玲丝，为什么呢？我想，首先是因为柯玲丝的发祥地是西部的丹佛，城小地僻，不像拜斯崛起于东岸的波士顿，恰处美国的文化中心。后来拜斯在民歌节演唱会上，屡作惊人之鸣，柯玲丝却在夜总会中长作职业歌手，在知识青年的观感上也比较吃亏。其次，拜斯外形虽不如柯玲丝美，却更富于拉丁民族的异国风味：黑发，橄榄皮肤，齿光皎白的笑容，比起一般纯盎格鲁－撒克逊种的白皙女孩来，自然显得突出、惹眼。最后，也是最重要的一点，是拜斯的印象很早便和鲍勃·迪伦的印象叠在一起，成为一个相辅相成极为动人的复合印象。拜斯的圆润，迪伦的干涩；拜斯的传统，迪伦的前卫；拜斯的甜美，迪伦的凄苦；拜斯的褐暗，迪伦的苍白；处处形成鲜明的对照。在早期的音乐会上，拜斯处处提携迪伦，等到迪伦成名，成为民歌最重要的诗人之后，与他“齐名”的拜斯，自然也就声价倍增了。事实上，把迪伦的歌唱出名的，是“彼得·保罗与玛丽”

和“鸟群”(The Birds),而不是拜斯。

久迪·柯玲丝也有一位诗人兼作曲家的男友,兰纳·柯恩(Leonard Cohen)。我们说鲍勃·迪伦是诗人,不过是强调他的歌词出众,饶有诗思:他的“诗”只是歌的一部分,并不是独立的作品。柯恩在进入美国摇滚乐的世界之前,却是加拿大有名的作家,不但是诗人,还是小说家。他的诗纤细柔美,异常敏感,不像迪伦的那么酸楚、愤怒,甚至晦涩。他的诗集《大地的香料匣》(*The Spice-Box of Earth*)一九六五年由“海盗”公司出版,到一九七〇年已经销了六版。他的小说《最得意的游戏》(*The Favorite Game*)和《美丽的失败者》(*Beautiful Losers*),也赢得批评界的赞赏。三十三岁那年(对于开始摇滚乐的生活来说,实在是很晚了),受了迪伦成功先例的诱惑,柯恩才开始写歌作曲,并且自己登台演唱。到一九六九年为止,他已出了两张唱片:《兰纳·柯恩之歌》和《室中之歌》。一九六六年,久迪·柯玲丝出版的第六张唱片《我这一生》(*In My Life*)中,便灌了柯恩有名的歌《苏珊》(*Suzanne*)。那是柯恩的歌第一次被人灌唱。一九六七年,柯玲丝在纽约中央公园演唱,便邀柯恩一起上台。他的声音细薄而迟疑,技巧之差一如迪伦,可是灌进唱片里,却予人一种自然亲切之感,并且有一种反反复复的催眠性。不过,柯恩在民歌世界的名望毕竟不如迪伦,他的出现也比迪伦晚了六年,所以在这方面,拜斯算是占了柯玲丝的上风。

可是柯玲丝自身,也具有她优越的条件。第一,拜斯于音乐,纯凭天赋,没有受过什么正式教育。柯玲丝从小就从名师学习钢琴,不但比拜斯多谙一样乐器，也比她更具古典音乐的基础。也就是这种古典的背景，使柯玲丝在一九六九年夏天，在纽约中央公园演出的格里格组曲《披尔·金特》之中，有资格饰唱莎儿维格一角。我们当然不能指望她唱得像艾琳·法瑞儿（Eileen Farrell）那么圆润醇美，可是以一个民歌手而竟能担当这么一项古典乐的重任，总是比人棋高一着的表现啊。第二，柯玲丝于文学，濡染有年，在这方面的书卷气，有点像保罗·赛门。久迪一向喜欢念诗。她的祖先是爱尔兰人，在自传里她曾说自己虽是爱尔兰后裔，却不像一般爱尔兰种那么红发红颜。也许因为源出爱尔兰的关系，她常唱大诗人叶慈的诗，例如《太阳的金苹果》和《茵尼斯夫利》。拜斯好谈甘地，柯玲丝则阅读纪德、罗素、加缪。柯玲丝的好朋友，像柯恩、迪伦、琼尼·米巧、史蒂尔斯（Steven Stills），都是诗人兼作曲家，可是她最敬爱的一位朋友是诗人、小说家、音乐家，也是琼·拜斯的妹夫法瑞尼雅。柯玲丝在自传里，对这位夭亡的才子，有至深至哀的悼念。第三，柯玲丝的文采比拜斯似乎要胜一筹。两人都出版过自传；也许都经人润饰过，可是我觉得，还是柯玲丝的文字繁富些，也较有现实感。柯玲丝自己写歌，歌词相当可读，《我的父亲》一首，文字颇佳。第四，拜斯于抗议之歌，一入即不能出，可以说终生陷在里面。柯玲丝到了六十年代末期，多少有了跳出抗议歌的自觉，不再在音乐会上一味唱那一类的歌。实际上，抗议歌的代表人物迪伦自己，早在一九六四年就已经改变作风了。从一九六七年起，柯玲丝也有意摆脱古典民谣和抗议歌，来诠释当代的新民谣，甚至自己动手来创作新词新曲。

十年来，久迪·柯玲丝录制过十张唱片。《回顾集》（*Recollections*）一张是一九六三年至一九六五年的集锦歌选，不能把它算在这里面。我们可以把这十张唱片，和它们代表的不同风格，分成下列四个时期：

第一时期，到一九六三年为止。这时柯玲丝唱的，大半是传统的民歌，像《长恨的少女》《日耳曼之战》《约翰·莱利》《城有十二门》等等，都是例子。到了一九六三年，柯玲丝听到鲍勃·迪伦、菲尔·奥克斯（Phil Ochs）和汤姆·帕克斯顿（Tom Paxton）等反映社会现实的歌，极为感动，便进入了她的第二时期。

第二时期，从一九六三年到一九六六年，一共录了四张唱片。这个时期，她不再歌唱古典民谣，转而介绍新兴的抗议歌曲，唱的最多的是鲍勃·迪伦、披特·席格、汤姆·帕克斯顿、理查德·法瑞尼雅等几位的作品。琼·拜斯也常唱鲍勃·迪伦的歌，可是从来不肯唱他中期（一九六五至一九六七）那些孤绝遁世放浪形骸之作。柯玲丝并不拘泥这些。一九六五年年初，她在伍德斯塔克的迪伦家中做客，住在阁楼上，某夜月光凄清，听到迪伦自己吟唱那首有名的《货鼓郎》（*Mr. Tambourine Man*）。同年八月，她就把那首歌录在自己第五张唱片里。在这时期，她已开始注意柯恩的作品，录了两首；间或也唱披头和唐诺文的歌。

第三时期，从一九六七到一九六九年。这时她告别了反映现实的歌，又回到纯抒情的浪漫之境。她介绍了柯恩、米巧、纽曼

(Randy Newman)、唐诺文等新抒情主义的柔美作品；所录米巧的《正反两面》(*Both Sides Now*)出了一张小唱片（所谓singles，一面只有一首歌，四十五转，岛内从不复制者），极受欢迎。这时她自己也开始写诗配曲，录了《信天翁》《既然你问起》《我的父亲》三首，风格清雅，配乐饶有古典意味，惜乎太淡了一点，欠缺动人的节奏感。

第四时期，从一九六九年到现在。最后这一阶段，柯玲丝不断尝试创新，不但自己写歌愈多，而且改编了许多旧曲古调，但是在风格上，大致仍趋于清淡幽远的一途。《鲸与夜莺》一张唱片上，各歌风格极不一致，最成功的一首应推经她改编过的新教圣歌《大哉神恩》(*Amazing Grace*)。柯玲丝领先独唱，合唱队遥相应和，愈和愈密，愈唱愈洪，并无伴奏，实在是一首crescendo的杰作。《告别塔尔瓦提》(*Farewell to Tarwathie*)一首，用鲸鱼群的鸣声做背景配音，呜咽得怪异而有趣，实在是一个大胆的构想。《滚石》杂志的批评家认为，《告别塔尔瓦提》效果虽佳，却是录音室科技的花招，毕竟不是民歌正道。受了琼尼·米巧和金凯罗等的感染，柯玲丝也雄心勃勃，想要做到自给自足的境地。从一九六七年到现在，她竟已写了将近十首歌，改编的还不在内。大致说来，柯玲丝自作的歌，论空灵飘逸的旋律，不如琼尼·米巧，论摇滚的节奏感和蓝调的沉郁，不如金凯罗，写得并不怎么出色。近作《歌赠茱迪丝》一首渐入摇滚之境，较为生动。

论音色，久迪·柯玲丝不如琼·拜斯那么清澈、细腻。论音域，她也不如拜斯那么伸缩自如，可以忽而拔高，忽而抑低，无往不利。以前我总觉得，她跟拜斯的风格非常接近，可是天赋要比拜斯稍逊，常兴“既生瑜，何生亮”之叹。后来听得多了，发现她的声音在洪阔之中带有一股刚劲和爽气，虽然不及拜斯那么柔美，妩媚，却也免于拜斯的感伤和哀怨。同时柯玲丝的尾韵在曳长时，仍能保持平直、舒坦，不像拜斯在余韵之中常不能自禁地扬起颤音。这固然很迷人，可是总令人觉得太雅致了，反不如豪健爽朗的柯玲丝接近民歌。此外，柯玲丝吟唱的风格较有变化，从激昂的《清早下雨》到惆怅的《哦，愿我有条金丝线》，从悲怆绝望的《安娜西亚》到虔诚肃穆的《大哉神恩》，其中的弹性比拜斯要大些。柯玲丝的声音也富于母性的磁感，柔中带刚的那种母性，在我初客丹佛的时期，给了我很大的抚慰。即使现在我回忆起来，仍满怀感激之情。

苦雨就要下降

一

雅鲁藏布江不断地向东流，因为喜马拉雅山的北麓，太阴太冷了；因为温暖的印度洋在南方等它，奥秘而柔美的弦音，那千窍的羲达琴啊，在南方遥遥地唤它。绕过了喜马拉雅山的横岭侧峰，它的名字变得很印度：普拉马布德拉。向西流，它汇入了另一条圣河，恒河，终于一起注向孟加拉湾。

这是世界上最悲苦的地区之一。

二

留美印度学生的社团，纷纷请求拉维·仙客举行慈善演奏会，为难民募款。拉维·仙客是印度旅美最有名的音乐家，可是他知道，如果自己单独来做这件事，恐怕会事倍功半，募不到多少钱。“至少要五万美金才行！”他想到了四披头之一，也就是七年前向他学习羲达琴，赫赫有名的乔治·哈里森（George Harrison）。

拉维·仙客在洛杉矶见到哈里森，便向他提出这项建议：“乔治，情形就是这样。我知道这件事与你无关。我知道你不会……”哈里森非常动容，很快就说：“我想，我可以帮点忙。”

结果是，哈里森帮了大忙。他立刻变成慈善音乐会的发起人。以他在摇滚乐坛的地位，号召这么一个音乐会，不是什么难事。最初，他的计划非常庞大，想把摇滚乐的所谓“超级明星”（superstars）一网打尽。他打了几个长途电话。麦卡特尼说，他不想参加。兰能夫妇为了争取洋子和前夫所生孩子的监护权，正与人涉讼，无法分身。“滚石”的领队米克·杰格在法国南部录音，很想参加，可是不获签证。“坏手指”乐队应哈里森之召，特地从伦敦飞去纽约。四披头第四号的林戈，一听见是为了救济难民，立刻答应参加。最令人兴奋的，是鲍勃·迪伦，他在长途电话的那一头说：“很有意思嘛。”

三

三位印度音乐家，以瑜伽之姿，莲坐在华丽非凡的一张花地毡上。黄艳艳的，是两侧的花丛。袅袅升起的，是一炷印度香火。拉维·仙客司羲达琴，阿里·阿克巴汗司刹罗琴，跏趺于前；阿刺·瑞嘉司小手鼓，退坐于后。拉维·仙客才一挥手，便向修长而敏感的麻栗木上，拂起了那样清幽那样高雅那样细腻，在七主弦和十三辅弦之间，起伏震颤，波及至深至远的，鼻音。刹罗琴和小手鼓追上去，忐忐忑忑，铮铮钬钬，合奏一曲柔美欲眠的黄昏颂。一波三折，一唱三叹息，然后是蓑达琴和刹罗琴此问彼答，尔呼我应，把一首民谣的旋律，发展成即兴挥弦的二重奏。香火不绝，玄思如梦，催眠台下两万多的听众。

宣布休息。台上放起电影来。难民黧黑、嶙峋，流离他乡。挺着膨胀的肚子，营养不足，那些畸形的孩子。霍乱患者，一半已死，另一半正垂毙。黑压压的鸦群争食着尸体。

影像消逝，舞台陷入了黑暗。听众的情绪不断地高涨，高涨，最后爆发开来，成为一分钟，两分钟，长达五分钟的集体欢呼。乔治·哈里森出现了，不过看不清楚，因为二十几位歌手和演奏者簇拥着他。一大群人走上台来，遮住了扩音器的红灯。欢呼声不断。乐队奏起乔治的《哇哇》。吉他和鼓号的声浪淹没了一切。彩色灯排开黑暗，一下子就罩住了乔治，这才看清，今晚音乐会的发起人和主角，穿着一身白衣，领口露出橙色的衬衫，须发昂扬，抱着一张吉他，正在鼓动音乐或是为音乐所鼓动。他的周围全是一流的乐手。左边是吉他大师克拉普顿（Eric Clapton），里昂·罗素（Leon Russell）在后面猛捶一架钢琴。林戈和凯尔特纳雄踞在两副鼓后。普瑞斯顿（Billy Preston）司电风琴，伏在乔治右翼，杰斯·戴维斯和四披头汉堡时代的德国朋友武尔曼（Klaus Voormann）则弹奏吉他和低音吉他。这些高手，任挑一位出来演奏，都可以轻易号召好几千人。

舞台的另一端，也是人才济济。“坏手指”的四个队员很文静地拨弄着传统的谐音吉他，谁也听不出他们在弹些什么。旁边是七人的喇叭队。再过去，是九人的合唱队。众响齐作。乔治的歌声偶尔昂起，骑在音潮之上。这是有史以来最庞大的摇滚乐队，乔治一面挑拨自己的白吉他，一面四下巡视，有点紧张。

《哇哇》甫毕，《大哉上帝》的歌声又起。两万听众有节奏的掌声，追随着歌的旋律。乔治的声音低回而有感情，稳定而有信心。哈利路亚的合颂从台上延伸到台下，融成了一片。电吉他的鼻音又柔婉又亢奋。

接着乔治说，要唱普瑞斯顿的《上帝的安排》，并且把普瑞斯顿介绍给听众。普瑞斯顿把他汉蒙牌的风琴鼓成一座肺活量奇大的教堂，和克拉普顿铿锵的吉他一呼一应，震得两万听众不安于座。七支喇叭加进来，回旋梯一样地愈转愈高。皮衣紫帽的普瑞斯顿从风琴后面纵出来，在乔治的面前舞得很疯很野。听众都站起来，齐声喝彩。

还没有喘过气来，圆锥体的灯光忽然扑向鼓和钹，攫住了躲在浓发、密髯和传教士黑衣里面的林戈。他笑得很含蓄；他的衣领上别着一枚后台工作人员的鲜黄证章。他唱起自己的新作《来之不易》，一面向鼓上钹上击起响轰轰的一片节奏。乔治的吉他在结尾时参加进来。掌声彩声爆起。

乔治接着唱他的《谨防啊黑暗》，刚唱完第一节。他回过身去，里昂·罗素继续唱下去。因为罗素正好给克拉普顿遮住，听众不由一怔，然后又扬起一片欢呼。

下一首是《当我的吉他在轻轻哭泣》。克拉普顿担任主奏，乔治和戴维斯伴奏。听众静了下来。接近尾声的时候，吉他和喇叭交织如网，乔治的吉他间歇可闻。这是一九六八年出品的披头旧歌。音乐唤回了披头的往昔，利物浦四位少年可歌的记忆。听众之中，有人哭泣起来。

里昂·罗素放下嘴角的纸烟，把遮住眼睛的长发掠向背后，向钢琴上敲打《小丑跳一跳》。听众鼓掌打拍子。乔治走向麦克风去，哼起《就是你》，他时哼时辍，因为麦克风有点走电。歌毕，演唱的人群全部下台，只留下乔治和"坏手指"的韩彼得，谐音吉他幽澹地弹奏乔治·哈里森的《出太阳》。

灯光暗下去。里昂·罗素重新出现在台上，插好他低音吉他的插头。乔治抱起一张电吉他，在手指上套一个钢的琴拨。林戈从台侧出现，手里捧着一面小手鼓。舞台上仍是昏暗一片。一个瘦小的人，长发鬅鬙，幽灵一般隐现在台右。乔治走到麦克风前面，只说了一句"我请来一位朋友，大家的朋友，鲍勃·迪伦先生"。

果然是他。咖啡的灯笼裤，棉布外套里露出绿色汗衫，手里拿着一把四号的马丁吉他，颈子上架着一只口琴。长长的欢呼声中，他仅仅微启笑容，舔舔嘴唇，铮铮鈥鈥拨响吉他，向麦克风吟起《苦雨就要下降》。六十年代民歌和摇滚乐最重要的人物，美国青年最尊重的新文化英雄、诗人、作曲家、歌手的鲍勃·迪伦，每一次出现在公开的场合，都是年青人世界的一件大事。除了吟唱，鲍勃·迪伦不肯多吐一个字，也不作任何解释。他是最活泼最狂放的摇滚乐坛上一尊最严肃最沉默的斯芬克斯。现代酒神的孩子们唱起歌来，他是唯一不醉的歌者。他的神秘，多出现一次，就增多一分。鲍勃·迪伦今晚的出现，使这场音乐会具有历史的意义。他站在那里，两腿向外微弯，每唱一句，便从麦克风前退后一步，把脸藏在口琴架后。他的声音仍然瘦瘦的，利利的，富有鼻音，但是很有控制。

接着他唱《笑也不容易，哭也不容易》[①]。歌到一半，他吹起口琴来，那薄薄尖尖的声音，好像一把忧郁的刀，削痛了谁。乔治淡淡地抚弄吉他配他。

然后是他九年前的成名作，也是六十年代第一声抗议的《在风中飘扬》。这首歌的联想太多太多，它牵动了“彼得·保罗和玛丽”到“菁华三姝”到玛琳·狄翠琦的回忆。他的胡须一直修到颏下，头发不算太长，可是很刚很硬，他的神态，像刚从《逍遥游》（*Freewheelin*）唱片的封面上走出来。

掌声退潮，鲍勃·迪伦只喃喃说了一声“谢谢”。他换了一把口琴，和里昂及乔治协调了一下，便唱起《货鼓郎》（*Mr. Tambourine Man*）来。凄清的琴音在空厅中回旋，有多少流浪汉在江湖上有多少失意。他一句一顿：

---

① 原文是“It Takes a Lot to Laugh, It Takes a Train to Cry.”歌题有点一语双关，因为其中Lot有“命运”之意，而Train有“火车”之意，要译得贴切，是不可能的。

仅仅跳舞，在钻石的太空下
一手自在地挥啊挥
侧影反衬着海水
四周，是圆场的黄沙

又是一阵掌声。又是和里昂窃窃私语。然后与乔治对坐调琴。鲍勃·迪伦拨出了反反复复的一段墨西哥曲调，一声划断，吹了一段口琴，又停下来，最后鼓弄吉他，唱起《就像个女人》。两侧的麦克风哑了，里昂和乔治就挤到巴布的这架来和他。巴布的节拍下手很沉很重，乔治的电吉他铿然回应。

歌止。灯亮。巴布举目四顾，有点失措，然后他像力士一样扬起双拳，露齿一笑，大步跨下台去。

掌声噼噼啪啪鼓了足足两分钟。显然鲍勃·迪伦不会再出现了。一位歌手能教林戈摇小手鼓在后面伴奏，自然不需要出来谢幕。终于掌声也止了。乐队重新回到台上，各自就位。乔治对麦克风说："鲍勃一唱过，就难以为继了。"为了让听众喘一口气，乔治逐一介绍台上的音乐家。

铮铮锹锹，乔治敲响了《有样东西》，整个乐队跟上去，音乐会又掀起一次高潮。这是最后一曲了。台上人散。台下人不肯散，掌声一直坚持下去，把台上人召回台上，两万人嘶叫成一片疯狂。

乐队走下台去，这次是真的结束了。听众仍痴痴地站在座前，一连五分钟不肯散去，好像他们不散，这场音乐会就永远不结束。

麦迪逊广场花园外纽约市正下着滂沱大雨。那是一九七一年八月一日。场外挤满了向隅的听众。在黄牛的手里，七块五美金的入场券涨到五十块，剩下最后几张时，更提高到六百元一张。有些听众借贿赂警卫始得入场。欠缺耐性的一些，企图破门而入，被警卫拖了出来，还挨了好几警棍。大致上说来，秩序不坏。一个成功的摇滚乐会。

四

乔治·哈里森发起的这个摇滚乐会，具有好几层深厚的意义，值得我们细细玩味：

首先，披头乐队虽已解散，利物浦四少年仍然继续创作，各自出版唱片，并且发展一己的独特风格。我们当然深深怀念披头乐队昔日的华美与激情，可是无权要求四少年永不分手，为了满足听众而长期压抑各自的性情。何况，富丽堂皇的大乐队，已经渐渐过去了。解散了的披头，仍然具有神奇莫测的号召力。笃实、好学、寡言，且热爱印度文化的乔治·哈里森，当日在四披头之中，被兰能的霸气和麦卡特尼的妩媚所蔽，成为不很起眼的第三号人物。现在脱离了两人的笼罩，不但新出的唱片《万物皆逝》沛然可听，即使独当一面，主办这么庞大的一个音乐会，也井井有条。同时，他一口气答应拉维·仙客之请，可谓不忘师恩，遍邀摇滚名手，尤其是鲍勃·迪伦，可谓潭潭大度，毫无妒才之意。林戈为人最忠厚，肯和乔治合作，并为鲍勃·迪伦伴奏，自然是意料中事。乔治和林戈同时演出，已经等于半个披头乐队，当然令人兴奋。四披头最后一次的现场合演，是一九六六年八月二十九日，在旧金山。那已经是五年前的事，而五年，在摇滚乐史上，就是很久很久了。

其次，鲍勃·迪伦的出现，也是令人振奋的大事。自从一九六七年他骑电单车失事以来，他就很少在公开的演奏会上露面。在英国威特岛出现的一次，吸引了二十万听众，演唱一夕，索酬八万五千美金，颇为论者诟病。这次他赶来纽约，为救济难民免费演唱，可谓澄清了大家对他的误解。鲍勃·迪伦肯来，其他歌手自无不来的道理。台上出现里昂·罗素、艾立克·克拉普顿，固不待言，即使台下的听众席上，也坐满了琼妮·米巧、格莱安·纳许，以及“大低潮”乐队等高手。鲍勃·迪伦从未与四披头一起露面过；这次和其中的两位共同登台，也是历史性的大事。

最后，这次的摇滚乐会是一个纯粹的慈善音乐会：除了八月一日下午和晚上两场的收入，二十五万美金全部捐给流亡的孩子以外，现场录音灌制的唱片和拍摄成功的电影，两者未来的收入，也悉数指定赠予难民。这次的摇滚乐会，场地所限，两场的听众加起来不过五万人，在同类的演奏会中，不能算多么盛大，可是象征的意义最为深长。美国的摇滚乐会，到了一九六九年八月，四十五万青年在伍德斯塔克三天的盛会，可说臻于巅峰状态，值得年青的一代自豪。不幸几个月内，就在那年的年底，“滚石”乐队在加州的亚塔蒙特举行临别美国的免费演奏会，竟发生了流血的惨案。一时论者皆谓年青的一代天真丧尽，摇滚乐已沦为魔鬼的艺术。其后摇滚乐人拜金成风，很有一些甘心听从商业主义的驱使，以反抗工业文明始，竟以役于工业文明终，摇滚乐初期来自民歌的那一股清新朴实之气，几乎荡然无存。气得菲穆尔剧场的主人毅然关门志哀。现在乔治·哈里森、林戈和鲍勃·迪伦等领导人物能联合同辈，在救济难民的人道主义之下，重振摇滚乐的声望和尊严并且表现出渐趋成熟的责任感，令我庆幸之余，更相信摇滚乐，酒神的新艺术，是可以酿出更浓更纯的芬芳来的。

论披头的音乐

我现在正努力做的一些事情，昨天还不成其为重要。

——约翰·兰能

我现在是再也不去听古典音乐会了；我不知道还有谁在做这种事情。今晚会不会有某位钢琴大师，比昨晚另一位大师，把《月光奏鸣曲》弹得更好一点或是更坏一点，也难得有人还在关心了。

以前常有人称为前卫的那种独奏会，我仍不时参加，可是很少感到欣悦；我总不禁四顾自问：我来这里干什么？我在这里学到些什么呢？以前常拥聚在这种场合的那些诗人、画家，甚至作曲家，现在都到哪里去了呢？嗯，也许我来这里是尽一种义务，例如听听我这一行有什么新发展，为了可以理直气壮地衷心憎恶这一行，或者抄袭别人一两个意念，或者仅仅对于节目单上的那个朋友表示慈善而已。可是我能学到的东西越来越少了。而同时，那些缺席的艺术家却躲在家里听唱片；在音乐会上再也找不到的东西，终于再度引起他们的反应。

对什么的反应呢？披头了，当然披头的出现，已经成为一九五〇年以来音乐史上最健康的盛事之一，对于这件事，任何有识之士都不能不或多或少有所感应的。我所谓“健康”，是指“生气蓬勃”而且“有感而发”，音乐界久已不用的两个形容词。我所谓“音乐”，不但包括爵士的一般范畴，也指室内乐、歌剧、交响乐等部门所包含的种种表现：简言之，是指一切音乐。我所谓“有识”，与其是指“高尚的爱好音乐人士”修养有素的欣赏力，不如是说与生俱来的判断力。（时至今日，仍然有人大声疾呼：“像你这么好的一个音乐家，要用披头来骗我们做什么呢？”也就是这般人士，时至今日，仍然重戏剧而轻电影，而且因为流行音乐玷污了他们的才智，仍然去听交响乐演奏会，不知道今日的情势正好相反。）一九五〇年前后究竟发生了些什么事，是我这篇以音乐判断为主的短文所关切的出发点。专论披头的文学书籍，大半颂扬四人的抒情诗如何适应时代潮流，道人所不敢道，却将其主旨、音乐的 ·面， 笔带过。披头的诗也许是孵生那夜莺的蛋，可是仔细分析起来，夜莺仍应居先。

有一类音乐家，传统上叫作长发作曲家，他们通常是颇为失意，出身于音乐学院，然而（正如任何美国人都势必经历的）终其一生都在爵士乐的熏陶之中；我所谓“音乐判断”，正是来自此辈。我这篇短论不敢以全面的评价自命；我只能说明一件事实，那就是，将我和我的音乐同道们从一场消过毒的大梦中欣然撼醒的，是摇滚乐，以披头的表现为主的摇滚乐的活力。我对这一股活力自然而然感到好奇。它是从哪些源头喷射出来的呢？它满足了什么样的需要？披头似乎是一件美好事物中最美好的部分，他们实际上远胜于想效颦他们的一切乐队，而学他们的乐队却大半是美国人，只是要将曾经是美国本位的东西继续发扬罢了，可是披头何以偏偏崛起于利物浦呢？果真如韩托夫（Nat Hentoff）所说，披头“使数百万美国少年迷上了在美国本国令人伤心已久的东西……只是美国的青年人一直不愿活生生地接受它，所以要靠英国人来过滤才能吸收”？披头果真令人伤心吗？他们果真是这么新奇吗？他们的吸引力，无论是令人痛苦或是欣悦，究竟是来自他们的歌词，或者是来自他们所谓的“歌喉”，或者坦白地说，是来自他们的曲调？这些就是我或多或少要依次研讨的问题。

一九四〇年前后，经过了一段混沌的青春萌发期，美国音乐终于自立了。美国的土地当时得不到外来的肥料，遂开始结出真正属于本土的果实，作曲家遍地茁生起来。到了大战结束，我们耕耘的收成已经值得输出，因为音乐之树的每一枝柯都在欣欣向荣：各式各样的交响乐成打成打地在琢磨；歌剧的观念正移植到中西部的城镇之间；而且就本文的论点而言，独唱的歌者也正在各地作惊人之鸣。一面有辛纳屈（Sinatra）、霍恩（Horne）、何立岱（Holiday）等一流的风格家在作精彩的演唱，只是所唱的歌，以音乐价值而言，除了效颦二十年代的格希文和波特的一些，都平平庸庸，以文学内容而言，则渺不足道。另一面则为演唱会专业的歌者，如佛瑞希（Frijsh）、费班克（Fairbank）、谭吉盟（Tangeman）；这些歌者虽然在声乐上不无问题，却因劝导一些较年轻的作曲家用优美的歌词谱可唱之歌，仍然创造了一种新声。

到了一九五〇年，美国音乐的输出已进入盛况。可是当我们发现外国人都不很在乎时，我们的兴头很快就减退了。爵士乐自然而然一直大行其道于欧洲，但欧洲却抹杀了美国的“严肃”音乐，认为它不够严肃；毕竟欧洲本身，在希特勒的阴影下麻木了二十年后，也正在复苏之中。但那种复苏事实上是复兴，也就是说，把在美国已经萎缩而在德国已为战争所遗忘的十二音体制恢复起来。这种技巧（不，不是一种技巧，而是一种思考方式，一种哲学）当时正在恢复之中，不在它当初兴起的德国，天下之大，却在法国！到了一九五〇年，布雷士（Pierre Boulez）已经只手开道，奠定了其后十年全世界的音乐要奉行的音调。美国接受了提示，且让自己新发现的个性融入了终于成为游行乐队车似的国际学院主义。

乐风如此转变，没有人的惊骇更甚于“所有的人”，也就是说，我们最亲切最闻名的作曲家们。柯普兰（Aaron Copland）苦心锤炼出来的贫瘠的旋律，久已成为众所接受的“美国风格”，这时终于见弃于青年一代。繁复而浪漫的德国汤，沉浸了乐坛凡一世纪，到了二十年代终于激起两种反抗，一种是沙提（Satie）或汤姆森（Thomson），那种斯巴达式的朴素乐风（亦即柯普兰“美国风格”

的根据）；另一种则是达达主义笑傲一切偶像的精神，虽然，像超现实主义一样，达达主要是画家和诗人的媒介，在音乐一面它仍表现于“六人派”的某些作品。到了五十年代，名副其实带点报复意味再度发扬繁复乐式的，是柯普兰君临的四十年代中被冷落的一些中年作曲家［卡尔特（Elliot Carter）、巴璧特（Milton Babbitt）、伯尔格（Arthur Berger）等人］，也是一般的青年。如果说现在凯济（John Cage）面无表情地恢复了达达式的放浪不羁，则此时柯普兰自己，也是面无表情的，像是被比他年轻一半的那些极其严肃的作曲家所威迫似的，决定再度追求十二音制的格式。

我们可以了解，为了趋附时尚，这一般“严肃的”青年作曲家对于科学的实际关心，胜过了对于表示自我的“多余”考虑。他们愈来愈不为声乐作曲，即使为声乐作曲的时候，也无意用人声来诠释诗，甚且也无必要去诠释文字；他们处理人声一如机械，还时常用电子加以修饰。诗句不再“与”音乐结合，甚至不再“被”音乐所局限，只是“透过”音乐加以例解罢了。活生生的歌者已经没有用武之地了。

登台演唱的歌者，至少那些科班出身的，才不理会这一套呢，现代音乐本来就太难唱。何况它根本没有听众，而古典歌曲独唱会，在业已远逝的泰特（Teyte）和雷芒（Lehmann）的年代虽然普受喜爱，这时也不再有什么听众了。年轻的歌唱家们受到别的诱惑，纷纷舍去德国的歌曲（lieder），法国的歌调（la mélodie），甚至自己美国的艺术歌（art song），最终没有一个专业艺术歌唱的人留下。古典大歌剧优厚的收入和成名的希望，把他们全诱走了。即使在今天，少数的几个例外还是欧洲人，像史华兹考夫（Schwarzkopf）、苏随（Souzay）、费雪·狄思考（Fischer-Dieskau）。美国精美的歌唱家皮尔姿丽（Bethany Beardslee）一点儿也不赚钱，与她齐名住在西岸的杰出歌唱家玛妮·尼克松（Marni Nixon），现在却改业电影配音和歌舞喜剧了。现代大多数的专业歌唱家，声音都很不堪，即使为充场面而开演唱会，也是为邀来的贵宾而唱。

此外，当时正在发展中的，还有布鲁贝克（Brubeck）、坎顿（Kenton）和麦立根（Mulligan）的“前进爵士”，又称“凉爽爵士”，但那种脆薄的表现，既不宜歌，又不宜舞。“名歌录”已烟消云散，黑人风格的歌唱家都失了业，大学乐队庸俗的歌手为人所鄙。歌已死。

而同时，所谓古典与所谓爵士之间的围墙也在崩溃之中，彼此正企图融合并革新对方。今日众所嗟叹的“沟通”之需要，当日能借音乐，任何形式的音乐，以解决者，似乎逊于其他艺术，尤其是电影。电影在成为公认的美术之后，即使对于知识分子，也成为能够畅言今日无法言宣之种种的唯一媒介了。可是十分矛盾可笑的是，音乐的知性化，却日渐疏远了知识分子，而对于知识分子以外的任何人，也激不起什么兴趣。举个例，史特拉文斯基的大名容或家喻户晓，可是事实上，无论是哪里的演奏会，节目单上已经少见他一九三〇年以后的作品，而一九五〇年以后的作品则根本见不到了。要听史特拉文斯基的近作，仅有的机会，是看巴伦辛（Balanchine）

的配画电影，或是每年两度去听克拉夫特（Robert Craft）的演唱（还要靠大师亲临会场才引来如许听众），不然只有从哥伦比亚的唱片上听取大师亲手指挥了，因为史特拉文斯基只和该公司签订制片之约。

至于我自己和一群写歌的朋友［包尔斯（Paul Bowles）、平肯（Daniel Pinkham）、佛朗纳根（David Flanagan）、戴盟德（David Diamond）］，在四十年代开始写作，在我看来，到了这时也以殿后的姿态继起，不合时宜地企图救活一个患了昏睡症的怪物。当日这群朋友，近来大多很少写歌，少得令人沮丧，而所以竟写出了寥寥那几首歌，与其说是由于迫切的创作欲，还不如说是由于一些死硬的专业歌唱家日渐减少的约请之故。说到写歌，因为钱少，而出版、录音、演唱，甚且大众的关怀也少，我们对于这最为温柔迫切的艺术媒介曾经怀抱的年轻人的热情，说来也可悲，早已经大为减退了。

如果说，一度繁荣的“歌之艺术”，自从二次大战以来一直处于冬眠状态，则目前已有不少迹象，显示它在世界的每个角落都在复苏之中——而现在的这个世界也不再是当初任它冬眠的那个世界了。结果是，等到“歌”真正完全醒来（那场冬眠是有益健康的），它的谱写和诠释将大为改观，它的听众也大不相同了。

由于普莱斯（Leontyne Price）一类的歌唱名家，因为经济的关系，已经不再专注于小格局的曲式；由于斯塔克豪森（Stockhausen）一类的“严肃作家”，因为科学试验的关系，已经不再专注于人声（而歌唱又是人声之中最原始所以也是最传神的表现）；复由于史特拉文斯基一类的大师，其作品似乎只有在作者出现时听众才有缘聆听，伟大歌曲的艺术传统，已经从少数欣赏者的圈子转移到四披头和他们徒子徒孙的身上去了；而并非专业音乐的任何知识分子都会向你述说，我们这时代能沟通心灵的最佳音乐，正以披头等为代表。

这种音乐在十年前早已兴起，其代表人都是一些单纯的男性象征，像美国的普瑞斯利（Elvis Presley）和法国的海立地（Johnny Halliday）；后来英国人制的一个影片，叫《快艇》[*Expresso Bongo*，也就是《特权》(*Privilege*）一片的前身]，描述一个不甚高明的摇滚歌手，就是以普瑞斯利和海立地为讽刺的对象。这两位年轻的独唱家今日仍在演唱而且收入甚丰，但当日确实孕育了比他们自己更微妙、更具使命感的独唱家如鲍勃·迪伦和唐诺文·李琪（Donovan Leitch）；后二者复辗转滋生了一群男性子孙，其中包括一胎双生的最富书卷气的赛门与高梵珂（Simon and Garfunkel），一胎五生的最富异国情调的江湖佬与鱼（Country Joe & the Fish），一胎六生的最为思古的大结义（The Association），甚至一胎七生的此时最狂的创造之母（Mothers of Invention）。女歌手远不如男歌手诞生之频，但也有“菁华三姝”（The Trio of Supremes），以及艾安（Janis Ian）和甘璀（Bobbic Gcntry）：后面两位各写了一首，仅有的一首好歌，而等到读者读到本文时，她们若非已经湮灭，便是已经不朽了。上述这些乐队，加上其他二十个相当优秀的乐队，和他们的“祖父一代”不同之点，就是他们大部分的歌曲，都是自己写的；他们把十二世纪的行吟诗人、十六世纪的合唱队，和十八世纪自谱自唱的乐师等的传统融合在一起，总之，他们把二十世纪以前除了歌剧以外的一切歌唱上的表现，全熔为一炉了。

要说明这种新表现，我们必须使用（我已经在这里使用了）直截了当的“歌”字，而不得使用令人误解的 lieder 一字，因为 lieder 只适用于德国音乐，或是大言不惭的“艺术歌曲”一词，因为“艺术歌曲”一词不再适用于任何音乐了［在英文里面，真能使“严肃的艺术歌曲”有别于众人惯称之为“流行调”的东西的，是“演唱曲”（recital song）］。既然何立岱和“大乐队”在一个不仅昏沉抑且死寂的时代曾经演唱过的流行调，到今日不但可以在夜总会和戏院里听到，甚至可以在独唱会和音乐会上欣聆，既然那些流行调比起今日作曲家谱的任何“严肃”作品来，即使不更好，至少也无逊色，则可以包罗一切的最佳用语，干脆就是“歌”字。仅有的进一步的分类，就是“好歌”和“坏歌”了。最奇怪的是，音乐之所以恢复健康，凭借的不是我们那些世故的作曲家文雅的改革，却是成群的小伙子老式的引吭而歌。

至于这些小伙子里最好的一队竟来自英国，这件事实倒并不重要，因为他们也可以来自阿肯色州。披头的世界正是混沌不分的国际学院主义的一部分，因为在这种天地之中，问题不在“异于”，而在“胜于”。我以为，四披头的动人之处，和韩托夫暗示的什么“在美国本国令人伤心已久的东西”没什么关系，恰巧相反，其动人处却是令人愉快。

苏珊·桑塔格（Susan Sontag）则解释说：“新感性对于快感的看法有点模糊。”我们立刻就发现她的“新”感性正在霉腐之中。她说这话，是指一群振振有词到了可疑程度的作曲家，可疑，是因为他们花在滔滔自辩上的时间，多于作曲的时间。这般作曲家贬低对于音乐的“喜爱”，对于音乐“全身感受”的喜爱。说真的，没有人是“喜爱”布雷士的，是不是？这般作曲家关心的不是有没有人喜爱，而是有没有人领会。实实在在，“有趣”是披头具有感染性的音乐表现之精髓：日本人和波兰人（后者对于披头歌词中自杀和核子弹的主题并不理会）对于四披头的爱好，不下于英语世界的披头迷；实实在在，那样的表现，由于它发乎天然顺乎潮流的本质，应必为桑塔所接受。披头正是针对新（意即“旧”）感性之毒的一帖解药，且容许知识分子毫不惭愧地承认，说他们喜爱这种音乐。

披头真是精彩，尽管人人都知道他们真是精彩，也就是说，尽管三十岁以下的一代强调披头能够适应诸如民权与LSD等社会的新需要。我们对披头的需要，既无社会意义，也不新颖，而是艺术上的古老的需要，尤其是需要一次“复苏”，快感的复苏。十年来其他一切艺术莫不或多或少地感受到这种复苏；唯独音乐不但是人类史上最后发展的一项“无用的”表现方式，而且是任何特定的世代中最后成长的表现方式，即使，像在今日，一个世代最多不过延续五年（也就是可以感染到“新感性”的短暂时期），那情形也是一样。

何以披头最为杰出呢？我们很容易指出，和他们竞争的大多数乐队，正如世界上多数的事物一样，皆不值一顾；更重要的是，披头的杰出是贯彻始终的：他们近日推出的三张唱片，每一首歌都令人过耳不忘。这些难忘的歌曲中，最好的一些（最好的百分比也很高），例如《这里，那里，随便是哪里》《日安啊阳光》《蜜修儿》和《挪威森林》已经成为经典名作，且可比拟蒙特维地、修曼、蒲朗克等歌曲全盛时代的大师们的作品。

美好的旋律，甚至完满无憾的旋律，是既可以界说也可以传授的；音乐的其他三度“空间”：节奏、和声、对位，也是如此，虽然其中只有节奏能够独立存在。我们不妨这样形容旋律：形成一种可以认识的音乐形式的那么一串高低各异长短不一的音符。如果旋律（又称音调）为配合文字而谱成，则音乐的进行必随诗句曲折起伏，诗句必将旋律推向“高亢的”一点，通常称为顶点，再从那一点进行到终点。这种“必然性”正是使旋律美好甚或无憾的要素。不过天衣无缝也会空洞无物的，只要看看昔日“锡锅巷”流行曲作者，和今日“杰佛逊班机”敲打出来的千百首三十二乐节的模范曲，就知道了。如果和歌词拆开，我们真能记起那些调子吗？

高超的旋律也用同样的食谱烹成，不同的是，其中的某些作料要靠“天才之变形”来保佑。披头的歌词常是和音乐相背而驰的，例如《浮生一日》一曲中压人而来的起句诗，竟配以温柔之至的旋律；这情形很像马莎·格莱安（Martha Graham）的配乐常和她的舞蹈矛盾相对一样，因为她会在截然的静寂中剧烈地回旋，但乐池中众乐狂号时她却立地不动。披头的变调既是自然流露的，他们的歌曲恒是结构坚实，但效颦他们的人，变调变得很做作，因此学到的是兽形的檐漏，而不是整座大教堂。

当然，出奇制胜这手法，本身并非什么美德，虽然一切伟大的作品都似乎有这成分。此地仅以上述四首歌为例；譬如《这里，那里，随便是哪里》吧，听到一半，不过像大学表演会上一首讨人欢喜的歌，可是刚一唱完，立刻就变得绕梁不绝了。何以如此？因为在“她一挥手”这句歌词上，和声精细转位，出人意料而又令人满足得“恰到好处”，正如《旋律的太阳》一类蒙特维地的六部合唱曲中所见的那样。《日安啊阳光》节奏极为充沛，但初听时，其乐谱变化多端令人懊恼的程度，一如艾夫斯（Charles Ives）的某些手法；后来我才恍然，悟出那是“跨越的三连音符”所造成的。四披头在此的“出奇制胜”，是将这么单纯的一个过程安排得内行人听来这么繁复，而一转三折之下，又能让任何“有节拍感”的外行人立刻可以学唱。《蜜修儿》一曲在第二拍（也是歌词的第二个字）上竟就变了调。这手法本身是“可以允许的”蒲朗克，就时常这么做，而蒲朗克却是有史以来最善解人意最正确无讹的作曲家；要点在于他恰好决定在第二拍上这么做，而这决定生了效。天才不在于不师承他人，而在取舍之间取正舍误。至于《挪威森林》，则使那首歌独特难忘，而不仅止于创新的，却是它拱形的旋律，一种愈来愈多休止的律动，一个交错而成的倒金字塔形。

当然，分析到底，披头之优于其他乐队，其难于捉摸，正如莫扎特之优于克雷芒提：莫扎特和克雷芒提皆熟练地使用同一音调的语言，只有莫扎特使用时特别有一种天才的魔术。谁会为这种魔术去下界说呢？大众在觉察四披头优于其他乐队时，着眼点是正确的，不像平时那样找错了原因，譬如说，十年前之误解《洛丽塔》。当时大众之接受《洛丽塔》，颇以为它只是一本俏皮的小说，但是今日，年龄不同境界互异的大众，都能名正言顺地吸收披头的音乐：我们大可一面聆听这种音乐，一面跳舞或吸烟，或者甚至举行葬礼［剧作家奥尔顿（Joe Orton）在伦敦的葬礼便是如此］。同样的大众，在讨论披头时，并不将披头和他人相提并论，却将披头和他们自己的种种特点相提并论，好像披头是一整个运动的可以自圆其说的定义，又似乎在如此短暂的音乐生命之中，披头已经像毕加索或史特拉文斯基那样，经历了也扬弃了好几个“时期”（事实也确是如此）。例如《花椒军曹》那张唱片才一发行，立即引爆起一串争论，争论这张唱片比起披头前一张唱片《旋转人》或《橡皮灵魂》来，有无逊色。可以这么说，披头是自我滋生不息的。可是“哀莉娜·丽格碧”究竟是他们的母亲或是女儿？“蜜修儿”究竟是他们的祖母还是孙女？而“她正出走”中的那个“她”，由于最晚出生，可能是姐妹呢，还是妻子？

据说保罗·麦卡特尼因倾向斯塔克豪森和电子而获得灵感，克服了交响配乐的困难，产生了种种迷幻之境的效果；我们能从这种音乐里听到些什么呢？像最早在《明日永难知》和《草莓田》中所显示的那样，他们的声音显得着重音调的质量而不重内涵，着重迷人的恍惚而不重结构。麦卡特尼的乐曲并未受到这些“改革”的影响，因为这些“改革”只是将乐曲修得光洁平整的有关乐器的一些技巧。而乐曲本身的任何方面，比起古远的“大乐队”或是昨日的“凉爽”乐团来，也不更为进步。披头的和声，即使再大胆突出，像在《我要跟你说》中那样坚持的不谐和音，基本上也只是印象主义的余风，并没有超越拉维尔的《马德卡斯歌集》。披头的节奏，像《日安啊阳光》中那样，也会变得异常巧妙，但仍几乎经常守住四分之四的拍子，比起巴尔托克五十年前最单纯的乐曲来，还要单纯。诸如《补洞》或《蜜修儿》中的旋律，虽然谱得十分精美，却是根据标准的调式诸如黑人蓝调的降低三度音程和七度音程。披头的对位法，即使像《她正出走》的某些部分那样严格的时候，也不比《三只小老鼠》更为复杂；至于像《必须和你共此生》那样自由的时候，则活泼自如像兴德密特（Hindemith）。事实上，正如没有“问题”的巴赫一样，也就是说，无须逐步解决十八世纪谱写声部的苛严要求［姑不论柯尔门（Ornette Coleman）一类的器乐家，即使“菁华三姝”在这方面也已超越了披头了］。至于整体乐曲的形式，《花椒军曹》的那些歌大致上都不及以前几张唱片复杂，而以前几张唱片本身，也很少敢于超越基本的“歌词加合唱”的结构。麦卡特尼的独创性，不在革新，而在凌越。至于他有无可能以及如何处理更浩大的曲式，我们尚须拭目以待。可是以具体而微的乐坛，以歌坛而言，他已经是一位现代大师了。准此，他确是四披头中最有分量的一位。

兰能的抒情诗，或者不如说他的那些歌词，已经被人心理分析得面目全非了。他的歌词确很机巧、动人、合乎潮流，而最重要的是，和歌曲极为相配。可是一旦和歌曲分开，兰能的歌词果真就远胜于，譬如说，波特（ColePorter）或布里慈斯泰因（Marc Blitzstein）

的歌词吗？当然，布里慈斯泰因的音乐，无论其歌词的论点多么陈旧，仍然是成功的；而波特的歌，即使全不依凭文字，仍然不改其美。我们总是听说（例如科拉尔在《星期六评论》上便这么说，披头“呼喊的是一些重大的事情”），可是这些事情果真比昨日的“异果”或前日的“欧提丝小姐的恼恨”更切时吗？至于李碧琪（Peggy Lee）吟唱的“何处抑何时”，是否就不如“露西在天上”那么如梦如幻呢？即使如此，难道披头就以此取胜吗？影片《特权》描述一个摇滚歌手企图推翻现状而要求控制一切，但是事实上，正如李瑾所说：“到现在为止，还没有任何摇滚乐队，甚至整个运动加起来，能像百年前吉尔伯特和沙利文那样使一个政府惶然不安。”即使在非常时期诗能成为政治利器，也不能证明音乐能“意味”些什么，既非抗议，也非博爱，甚至也非起泡的喷泉，什么都不是。固然，兰能的歌词不但暴露了当代的问题（例如《浮生一日》），抑且提示了解决之道（例如《补洞》）；而其歌曲据说是配合歌词而谱的，不是先有曲后有词，其歌曲也很相称。但歌曲毕竟更为强烈，正如缓慢而无节拍的格瑞哥利式的吟诵，可以改变产生它的那种急骤而放浪的街头小调的“意义”，兰能的歌词起不起作用，要看你如何唱它而定。

就碧莉·何立岱而言，要紧的不是歌，而是她唱歌的方式；她和皮亚夫一样，能化平庸为神奇。就披头而言，要紧的是歌本身，而不一定是他们唱它的方式；正如舒伯特的歌，即使让妖怪去唱，也唱不坏一样。例如《蜜修儿》这首歌，如果由一位“真正的”歌手如巴碧莲（Cathy Berberian）来演唱，则其为可爱动人固然依旧，但咬字吐音必清畅得多。巴碧莲的口齿（几乎任何人的口齿）都要比四披头的口齿清楚，至少伦敦以外的人听来是如此。就算披头的歌词不逊于曲，他们的歌，由于发音含糊，仍然迫使听众首先去判断歌曲本身。

乔治·哈里森对印度的探讨，则似乎是四披头晚近语言中最难令人心悦诚服的一面。就像麦卡特尼的吸收电子一样，哈里森之于印度音乐，似乎也止于吸收其表面；但是他的两大作品《爱你》和《入于你》，于俨然亦吸收印度音乐的结构之余，仅仅呈现零乱之象，并无催眠之功。哈里森的东方化无疑是诚恳的，不幸听起来做作一如《江湖佬与鱼》的五音阶主义。戴布西，像所有跟随他的音乐家一样，深受一九〇〇年巴黎世界博览会上巴厘岛展览的影响，从而获得创作《中国宝塔》与《玲黛瑞嘉》的灵感。这些作品在同类形式中之令人乐于接受，正如数十年后考尔（Henry Cowell）、巴奇（Harry Partch），甚或格兰薇儿·希克丝（Peggy Glanville-Hicks）的演唱曲。这些聪明的音乐家并不斤斤计较“地道”与否，他们只将东方音乐的效果译成西方音乐的术语，然后以极有把握的方式去运用那术语；但是哈里森仍然蹒跚而行试图捕捉真实的意义，却徒劳而无功；用心良苦，加上“灵感”，绝对不足使他真有那种背景，那种与生俱来的特权，而必须要有那种背景，才能产生他要效颦的那种音乐。

林戈·斯塔尔的活动，和他的披头三同伴无关的一些，我们不得而知，可是他似乎学会了歌唱时如何发挥一种名副其实确是难以言喻的魅力，我也没有见过兰能的战争影片。总之，到现在为止，四披头最动人之处，是他们合作创造的过程（其动人之处甚且超过他们的合作表演）。

今日我自己的作曲动机，与其说是由于灵感的驱使，不如说是由于单纯的需要（我谱出自己要听的曲，因为没有别人来做这件事），同样，我一面淘汰一面等待而聆听的，全是我需要听的东西。今日我所需要的，得之于创新者似乎比得之于念旧者为少：仔细想来，过了某种年龄，我们每年又能获得多少动人心弦的经验呢？这种念旧之情，十分显然，是披头引起来的。此外，也就没有什么好说的了，因为从结构上去分析他们，并没有什么趣味；他们仅仅恢复了激情，并未增加若何新意。这种激奋之情的来源，一部分自然是他们的才华；另一部分则由于他们纯然大胆地，因此也是纯然天真地，将音乐各殊的成分熔于一炉，也就是说，运用和声、对位、节奏、旋律、交响配乐等极为保守的技巧，且将它们融为一股令人感染的清新之气［此地插一句嘴：披头最近的歌《我是一头海象》似乎有点令人担心，比起以前的作品，似乎比较做作，欠缺“灵感”。尽管这首歌在理路上以威廉望（*Vaughan Williams*）为里，而以爵士乐的“劈扑”乐风为表，且通篇十分优美，不幸总效果却成了自我戏弄之戏弄，此亦艺术家真正危机所在。也许神圣如披头者，亦难免偶有胎死腹中之象吧］。

可以说，披头已将“虚构的故事”带回音乐之中，以取代批评。

不，他们并不新奇，他们一唱三叹，那种洋溢的无可奈何之感，一如贝西·史密斯（Bessie Smith）。他们使艺术免于荒凉的殉道悲剧，且恢复了感官的世界，毫无疑问，他们才不在乎我这些引经据典的诠释；这正是他们可爱的地方。

假设（这真是一个大大的“设想”）最健康的音乐是出于肉体的一种创造性的反应，也是对肉体的一种刺戟；而最病态的音乐是对于理智的一种创造性的反应，也是对理智的一种刺戟——假设健康真是艺术应该追求的一项特色，而且假设（我相信是如此）披头正是这种特色的明证；那么，尽管在我们这辈人的垂暮之年这件事显得巧合而奇异，我们总算达到歌曲的一个崭新的、黄金的复兴时期了。

附注：

《论披头的音乐》是一篇译文，原作者奈德·罗伦（Ned Rorem）一九二三年生于美国印第安纳州的里奇蒙，是一位知名的作曲家，谱有歌剧、歌曲及交响乐曲等多种，并出版现代音乐之论述《巴黎日记》《纽约日记》《音乐行话》《音乐和大众》等。本文曾被收入一九六九年的文选《作家与问题》（*Writers & Issues*, edited by Theodore Solotaroff, Signet Books, New York）。

后　记

《听听那冷雨》是我的第五部散文集。收在这里的二十几篇作品，另附一篇译文，长短不一，性质各殊，都是我一九七一年七月从美国回来以后的产物。薄薄的一本，不能算是丰收。没有写得更多，最大的原因，是三年来一直误落行政工作的“尘网”，不再是“纯教书”了。先是担任科罗拉多女子学院台北留学中心主任，继又负责政大西洋语文学系的系务，领着这么一大群黑发和碧瞳的大孩子转来转去，有很多快乐，也有不少烦恼。无论如何，写作的时间是相对地减少了。另有一大烦恼，便是演讲。照说一位作家的最佳表演是作品，可恼听众（观众？）并不理会这一点，必驱之登台演出而后快。动笔不够，还要动口。实际上，有多少人是兼有彩笔和绣口的呢。往往两小时的演讲，一气呵成，舌敝唇焦之余，还要接受听众再三的盘诘和质询。

两年前，经不起信疆频频电催和面促，曾经为《中国时报》的《人间》副刊写过半年的专栏。集中《蝗族的盛宴》《朋友四型》《借钱的境界》《幽默的境界》四篇小品，便是那时用何可歌的笔名发表的。这四篇是名副其实的小品。至于抒情散文，只有卷首的四篇：其中《万里长城》是一夕挥就，在《人间》发表后，台港两地均有刊物加以转载；《南半球的冬天》一文，则是前年访澳期间在悉尼写的。

三年来，诗论写得不多，一方面因为读书的空暇太少；一方面因为近年批评界热衷的话题像民族性和回归传统等等，早在十几年前我就言之再三，不想旧调重弹；一方面因为年青的一代已经举起了好几支犀利的笔，像陈芳明手里的那一支，清新而勇健，已经有一点史笔的意味，同时从学院的围墙里，也伸出了颜元叔那样的淋漓“刚笔”，有担有当，敢言敢怒，非常“湖南”，我虽然不能篇篇赞同，却十分乐意做一位读者。

一九七二年十一月六日，我应香港“世界中文报业协会”之邀，在该会第五届年会上发表演说，《用现代中文报道现代生活》便是为那个场合写的。一九七三年夏天，我为政大新编了一册大一英文读本，耗时三月，《从毕加索到爱因斯坦》一文，算是一篇编后记。《外文系这一行》是为《联合副刊》的“各说各话”专栏而自说自话的。《向历史交卷》则是为《中国现代文学大系》那部书写的总序。

从卷末的几篇东西，看得出近年来我对摇滚乐的爱好。摇滚乐是黑白民歌在工业社会里的结合与蜕变，富有新浪漫主义的精神和酒神戴奥耐塞期[①]的狂放，久已成为英美青年地下文化的一大表现。要了解那些青年在想什么，不先听听摇滚乐，是不可能的。我原来想为这一种新艺术撰写或翻译一部专书，因为事忙未能如愿。拜斯和柯玲丝只能算是小小试笔，而且偏于民歌，未曾深入摇滚，久拟撰写的鲍勃·迪伦的评论才是真正的考验。摇滚乐是酒神的艺术，有时更成为魔鬼之声，赛伦之歌，令人心魂俱迷。我对摇滚乐在文化上的评价，不全是正面的，这也是我不肯全力支持摇滚乐的原因。

在出版这本散文集的同时，我还出版一本诗集，书名《白玉苦瓜》。除了这些散文和诗以外，三年来，我还写了两万多字英文的论述，并且翻译了四万多字的散文论著和几十首诗。前者包括 *Chinese Poetry in Taiwan*（先在 *Free China Review* 刊出，后经 *The Chinese PEN*、韩国第二届“亚洲文艺研讨会”英韩对照的特刊，以及 *Asian Pacific Quarterly* 转载），*American Influence on Post-War Chinese Poetry in Taiwan*（一九七三年七月三日在第一届亚东区美国研讨会上宣读），*The Throaty Bass of Fong Chung-ray*（冯钟睿画集序言）等文。后者包括美国作家米契纳访问记之中译，和罗青、方旗等作品之英译。并志于此，算是没交白卷的记录吧。

一九七四年四月二十二日于台北

---

① 戴奥耐塞期：即Dionysus（狄俄尼索斯），古希腊神话中的酒神，奥林匹斯十二主神之一。

九歌新版后记

《听听那冷雨》是我“中期”的文集，到此为止，我写作的场景多限于中国台湾与美国，过此以后，场景就移去中国香港与欧洲了。文集里的散文、杂文、序文等都写于第三次旅美之后，迁港定居之前，先后为时三年（一九七一年夏迄一九七四年夏）。那三年我写的诗合成一集，便是《白玉苦瓜》。两本书几乎是同时出版。

这本文集里的作品，颇有几篇屡经转载，或收入选集。其中尤以《听听那冷雨》一篇流传最广，甚至屡见选入两岸的语文课本。

《听听那冷雨》原由林海音女士主持的纯文学出版社印行，初版于一九七四年五月，到一九八七年四月，已印刷了十五次。其后纯文学出版社歇业，我并未另找他社续印。而今海音大姐已离开人世，文坛寂寞，令我惘然追忆当日她为出此书亲自设计封面的果断与热情。自从十四年前此书绝版以来，屡有朋友与读者表示关切，更造成两岸学者研究的不便。感谢九歌出版社愿意旧书新出，给此书新的面貌来面对新的读者。我更亲自从头到尾详校了一遍，也改正了好多地方。

二〇〇一年十二月底

于高雄左岸

图书在版编目（CIP）数据

听听那冷雨 / 余光中著. -- 北京：中国友谊出版公司，2024.4（2025.10重印）
ISBN 978-7-5057-5728-8

Ⅰ. ①听… Ⅱ. ①余… Ⅲ. ①散文集－中国－当代 Ⅳ. ①I267

中国国家版本馆CIP数据核字（2023）第204662号

著作权合同登记号　图字：01-2024-1354

本书由台北九歌出版社有限公司授权出版。

书名　听听那冷雨
作者　余光中
出版　中国友谊出版公司
发行　中国友谊出版公司
经销　新华书店
印刷　嘉业印刷（天津）有限公司
规格　787毫米×1092毫米　32开
8.25印张　170千字
版次　2024年4月第1版
印次　2025年10月第4次印刷
书号　ISBN 978-7-5057-5728-8
定价　49.80元
地址　北京市朝阳区西坝河南里17号楼
邮编　100028
电话　（010）64678009

如发现图书质量问题，可联系调换。质量投诉电话：010-82069336